13.90

Pilar Quintana

A CADELA

Título original: *La Perra*
Título da edição portuguesa: *A Cadela*
Autora: Pilar Quintana
Copyright original: © 2017, Pilar Quintana
Literary agent: Casanovas & Lynch Literary Agency S.L., Barcelona.
Copyright da edição portuguesa: © Publicações Dom Quixote Unipessoal, L.da, 2019

Edição: Maria do Rosário Pedreira
Tradução do castelhano: Pedro Rapoula
Revisão: Madalena Escourido
Fotografia da autora: © Manuela Uribe
Capa: © Rui Garrido/LeYa
Paginação: Leya, S.A.
Impressão e acabamento: Guide – Artes Gráficas, L.da

1.ª edição: fevereiro de 2021
Depósito legal n.º 478 055/20
ISBN: 978-972-20-7131-4

Publicações Dom Quixote
Uma editora do Grupo Leya
Rua Cidade de Córdova, n.º 2
2610-038 Alfragide · Portugal
www.leya.com

Pilar Quintana

A CADELA

Traduzido do castelhano
por Pedro Rapoula

D.QUIXOTE

Quando a maré estava baixa, a praia ficava enorme, uma extensão de areia negra que mais parecia lama. Na maré-alta, a água cobria-a por completo e as ondas traziam paus, ramos, sementes e folhas mortas que se misturavam com o lixo que as pessoas faziam. Damaris regressava de uma visita à sua tia numa outra aldeia, que ficava mais acima, em terra firme, passando o aeroporto militar, e era mais moderna, com hotéis e restaurantes em betão. Ao ver a dona Elodia com os cachorrinhos, parara por curiosidade, e continuaria agora o percurso pela praia de volta à sua casa, na ponta oposta. Como não tinha onde pôr a cadela, aconchegou-a junto ao peito. Cabia-lhe nas mãos e cheirava a leite, dando-lhe por isso uma grande vontade de a abraçar com força e de chorar.

A aldeia de Damaris era apenas uma rua comprida de terra batida, com casas dos dois lados. As casas estavam desconjuntadas e elevavam-se do chão sobre estacas de madeira, com paredes feitas de tábuas e tetos negros de humidade. Damaris temia a reação de Rogelio quando visse a cadela. Ele não gostava de cães e, se os criava, era apenas para que ladrassem e guardassem a propriedade. Atualmente tinha três: o *Danger*, o *Mosca* e o *Oliveira*.

Danger, o mais velho, era parecido com os *labradores* que os militares usavam para cheirar as lanchas e as malas dos turistas, mas tinha a cabeça grande e quadrada como as dos *pit bulls* que havia no Hotel Pacífico Real, que se situava na outra aldeia. Era filho de uma cadela do falecido Josué que – esse, sim – gostava de cães. Tinha-os para que ladrassem, mas também os tratava com carinho, treinando-os para que o acompanhassem na caça.

Rogelio contava que, num dia em que fora visitar o agora falecido Josué, um cachorro que ainda não tinha dois meses se afastara da ninhada para lhe ladrar. Nesse momento pensou que aquele era o cão de que precisava. O entretanto falecido Josué ofereceu-lho e Rogelio chamou-lhe *Danger*, que significa perigo. *Danger* cresceu e converteu-se no que se esperava: um cão ciumento e feroz. Quando falava dele, Rogelio parecia sentir respeito e admiração, mas no trato com o animal não fazia mais do que enxotá-lo, gritando-lhe «sai!» e levantando-lhe a mão para que se lembrasse de todas as sovas que já apanhara do dono.

Notava-se que o *Mosca* tinha tido uma vida difícil quando era cachorro. Pequeno, magro e assustadiço, um dia apareceu na propriedade; e, como o *Danger* o aceitou, ali ficou a viver. Vinha com uma ferida na cauda, que em poucos dias infetou. Quando Damaris e Rogelio se deram conta, a ferida tinha-se enchido de larvas; e ela até chegou a pensar que vira sair da ferida uma mosca a voar, já completamente formada.

– Viste? – perguntou-lhe.

Rogelio não tinha visto e, quando Damaris lhe explicou a que se referia, riu-se às gargalhadas dizendo que finalmente tinham encontrado um nome para aquele animal.

– Agora fica quieto, *Mosca*, meu filho da puta – ordenou.

Agarrou no cão pela ponta da cauda, levantou o machete e, antes que Damaris pudesse perceber-lhe a intenção, cortou-a de um só golpe. Ganindo, o *Mosca* saiu a correr e Damaris olhou horrorizada para Rogelio. Ainda com a cauda infestada de larvas na mão, ele encolheu os ombros e disse que só o fizera para deter a infeção, mas ela nunca deixou de acreditar que ele tivera prazer naquilo.

O mais jovem, *Oliveira*, era filho do *Danger* e da cadela das vizinhas, uma *labrador* cor de chocolate que elas diziam ser de raça pura. Era parecido com o progenitor, embora tivesse o pelo mais comprido e ruço. Dos três, o *Oliveira* era o mais arisco. Nenhum se aproximava de Rogelio e eram todos desconfiados com as pessoas, mas o *Oliveira* não se aproximava mesmo de ninguém e era tão desconfiado que não comia se houvesse gente por perto. Damaris sabia que isso sucedia porque Rogelio aproveitava quando eles estavam a comer para se aproximar com pezinhos de lã e os surpreender com vergastadas, que dava com uma cana muito fina que tinha só para isso. Fazia-o quando eles tinham estragado alguma coisa ou só porque sim, pelo prazer que lhe dava bater-lhes. Além disso, o *Oliveira* era traiçoeiro: mordia sem ladrar primeiro e pelas costas.

Damaris convenceu-se de que com a cadela tudo seria diferente. Era sua e não permitiria que Rogelio lhe fizesse nenhuma dessas coisas, não deixaria sequer que ele olhasse para ela com más intenções. Chegou à venda do senhor Jaime e mostrou-lha.

– Que coisa tão pequenina – disse ele.

A venda do senhor Jaime só tinha uma montra e uma parede, mas estava tão bem apetrechada que era possível comprar ali desde alimentos até pregos e parafusos. O senhor Jaime era originário do interior do país, tinha chegado ali sem nada, nos tempos em que estavam a construir a base naval, e juntara-se com uma negra da aldeia, ainda mais pobre do que ele. Algumas pessoas diziam que tinha prosperado porque fazia bruxaria, mas Damaris acreditava que era por ser um homem bom e trabalhador.

Nesse dia fiou-lhe os legumes para a semana, um pão para o pequeno-almoço do dia seguinte, uma lata de leite em pó e uma seringa para alimentar a cadela. Além disso, ofereceu-lhe uma caixa de cartão.

Rogelio era um negro grande e musculado, sempre com cara de poucos amigos. Quando Damaris chegou com a cadela, ele estava lá fora a limpar o motor da roçadora. Nem sequer a cumprimentou.

– Outro cão? – atalhou. – Nem penses que vou tomar conta dele.

– E por acaso alguém te está a pedir alguma coisa? – replicou ela, continuando em direção à cabana.

A seringa não funcionou. Damaris tinha braços fortes, mas rudes, e os dedos tão gordos como o resto da sua pessoa. De cada vez que empurrava, o êmbolo ia logo até ao fundo e o jato de leite saía disparado para o focinho da cadela, espalhando-se por todo o lado. Como a cadela não sabia ainda lamber, não podia dar-lhe o leite numa malga, e os biberões que vendiam na aldeia eram para bebés humanos e, por isso, demasiado grandes. O senhor Jaime recomendou-lhe que usasse um conta-gotas e ela tentou, mas comendo gota a gota a cadela nunca mais enchia a barriga. Damaris lembrou-se então de empapar um pão com leite e deixar que a cadela o chupasse. Foi essa a solução: devorou-o todo.

A cabana onde viviam não ficava na praia, mas numa falésia erma onde a gente branca da cidade tinha casas de férias grandes e bonitas com jardins, passeios calcetados e piscinas. Para chegar à aldeia descia-se por umas escadas largas e inclinadas que, uma vez que chovia tanto naquela zona, tinham de ser esfregadas frequentemente e com força, para limpar a lama e evitar que se tornassem escorregadias. A seguir, tinha ainda de se atravessar o canal, um braço de mar largo e caudaloso como um rio, que se enchia e esvaziava com as marés.

Nesses dias a maré estava cheia de manhã e por isso, para comprar o pão da cadela, Damaris tinha de se levantar de madrugada, carregar um remo desde a cabana, descer as escadas com ele ao ombro, empurrar a canoa pelo cais, metê-la na água, remar até ao outro lado, amarrar a canoa a uma palmeira, levar o remo ao ombro até à casa de algum dos pescadores que viviam junto do canal, pedir ao pescador, à sua mulher ou aos seus filhos que o guardassem, ouvir as queixas e as histórias do vizinho e depois atravessar ainda meia aldeia, caminhando até à venda do senhor Jaime... E a mesma coisa no regresso. Todos os dias, mesmo debaixo de chuva.

Durante o dia, Damaris andava com a cadela metida no sutiã, entre os seus seios macios e generosos, para a manter quente. À noite, deixava-a na caixa de cartão que o senhor Jaime lhe tinha oferecido, com uma botija de água quente e a camisa que tinha usado durante o dia, para que não sentisse a falta do seu cheiro.

A cabana onde viviam era de madeira e estava em mau estado. Quando havia tempestade, abanava com os trovões e balançava com o vento, a água metia-se pelas goteiras do telhado e pelas frestas entre as tábuas das paredes, tudo arrefecia e humedecia, e a cadela punha-se a ganir. Havia muito que Damaris e Rogelio dormiam em quartos separados, e nessas noites de tormenta ela levantava-se a correr, antes que ele pudesse dizer ou fazer alguma coisa. Tirava a cadela da caixa e ficava ao pé dela, às escuras, acariciando-a, morta de medo dos trovões e da fúria do vendaval, sentindo-se insignificante no mundo, mais pequena e menos importante que um grão de areia da praia, até que a cadela deixava de ganir.

Também lhe fazia festas de dia, normalmente à tarde, assim que acabava os afazeres da manhã e o almoço e se sentava então numa cadeira de plástico a ver as novelas, com ela ao colo. Quando Rogelio estava na cabana, via-a passar os dedos pelo lombo da cadela, mas não dizia nem fazia nada.

Luzmila – essa, sim – fez comentários no dia em que apareceu de visita, mesmo que Damaris não tivesse posto a cadela junto ao peito, mantendo-a na caixa o máximo de tempo que conseguiu. Ao contrário de Rogelio, Luzmila não fazia mal aos animais, mas também não gostava particularmente deles; era o tipo de pessoa que só via a parte negativa das coisas, passando o tempo a criticar os outros.

A cadela estava quase sempre a dormir. Quando acordava, Damaris dava-lhe de comer e pousava-a nas ervas para que fizesse as necessidades. Durante a visita de Luzmila, acordou duas vezes e dessas duas vezes Damaris alimentou-a e pô-la na erva, que se encontrava empapada com a chuva que caíra toda a noite e de manhã. Teria preferido que Luzmila não a tivesse visto, ou sequer soubesse que a tinha, mas não ia deixar que a cadela passasse fome ou se sujasse. O céu e o mar eram uma única mancha cinzenta, indistinta, e a humidade do ar era tanta que um peixe poderia manter-se vivo fora de água. Damaris teria enxugado as patas à cadelinha com uma toalha, esfregando-a um pouco com as suas mãos para a aquecer antes de a voltar a pôr na caixa, mas conteve-se porque Luzmila não parava de a observar com má cara.

– Vais matar esse animal de tanto lhe tocares – disse.

Apesar de o comentário a magoar, Damaris permaneceu calada. Não valia a pena pôr-se a discutir. A seguir Luzmila perguntou-lhe, com uma expressão meio enojada, como se chamava a cadela e Damaris teve de lhe dizer que era *Chirli*. Afinal, eram primas direitas e tinham sido criadas juntas desde que nasceram, pelo que sabiam tudo uma da outra.

– *Chirli* como a *miss* do concurso de beleza? – riu-se Luzmila. – Não era esse o nome que ias dar à tua filha?

Damaris não podia ter filhos. Juntara-se com Rogelio quando tinha dezoito anos e já estavam juntos havia dois anos quando começaram a perguntar-lhes «e para quando um bebé?» ou «porque é que estão a demorar tanto?». Não estavam a fazer nada para evitar uma gravidez e Damaris começou então a tomar infusões de duas ervas do monte, a erva-de-santa-maria e a erva-do-espírito-santo, que ouvira dizer serem ótimas para a fertilidade.

Nessa altura viviam na aldeia num quarto alugado, e ela apanhava as ervas sem pedir autorização aos donos dos terrenos. Ainda que se sentisse um pouco desonesta com tal prática, considerava que essas questões eram um assunto seu e de mais ninguém. Preparava as infusões e tomava-as às escondidas, quando Rogelio saía para pescar ou caçar.

Ele começou a suspeitar de que Damaris andava a tramar alguma e seguiu-a como fazia com os animais que caçava, sem que ela se desse conta. Quando viu as ervas pensou que eram para fazer bruxaria, cortou-lhe o caminho e enfrentou-a, furioso.

– Para que é essa merda? – perguntou. – Em que andas tu metida?

Chuviscava. Estavam no meio do monte, num lugar muito feio onde tinham cortado as árvores para que passassem os cabos de eletricidade. Os troncos apodrecidos que ainda se mantinham de pé pareciam lápides abandonadas de um cemitério. Ele levava umas galochas calçadas e ela, que estava descalça, tinha os pés sujos de lama. Damaris baixou a cabeça e, num sussurro, contou-lhe a verdade. Ele ficou um momento em silêncio.

– Eu sou o teu marido – disse-lhe por fim – e tu não estás sozinha nisto.

A partir desse momento passaram a ir juntos apanhar as ervas para preparar as infusões, e à noite discutiam os nomes que dariam aos filhos. Como não conseguiram chegar a acordo, decidiram que ele escolheria os masculinos e ela os femininos. Queriam ter quatro filhos, oxalá um casal de cada sexo. Mas passaram entretanto mais dois anos e foi preciso explicar a quem lhes perguntava que o problema era ela não conseguir engravidar. As pessoas começaram então a evitar o assunto, e a tia Gilma aconselhou Damaris a ir à Santos.

Embora tivesse um nome masculino, Santos era uma mulher, filha de uma negra do Chocó[1] e de um

---

[1] Região no noroeste da Colômbia. [*N. do T.*]

indígena de San Juan de Baixo. Conhecia as ervas, sabia amassar e curava com segredo, ou seja, invocando palavras e rezas. Fez à Damaris um pouco de cada coisa e, quando viu que fracassava, disse-lhe que o problema deveria ser do marido e mandou chamá-lo. Ainda que se mostrasse desconfortável, Rogelio tomou todas as beberagens, aceitou as rezas e suportou todas as fricções que a Santos lhe fez, mas, quanto mais tempo passava sem que a gravidez acontecesse, mais contrariado ficava, até que um dia anunciou que não voltaria lá. Damaris interpretou aquela atitude como um ataque pessoal e deixou de lhe falar.

Apesar de não deixarem de viver juntos nem de dormir na mesma cama, estiveram três meses sem dirigir a palavra um ao outro. Mas uma noite Rogelio chegou meio bêbedo e disse-lhe que também queria ter um filho, mas sem a pressão da Santos nem de nenhuma erva filha da puta, massagem ou reza; e que, se ela quisesse, ele ali estava para que continuassem a tentar. O quarto onde viviam ficava nas traseiras de uma casa grande que havia muito tinha deixado de ser a melhor da aldeia. Encontrava-se agora deteriorada, com térmitas e suja, e o quarto era tão estreito que apenas cabiam a cama, a sua velha televisão de caixa[2] e um fogão a gás de dois bicos. Mas tinha uma janela que dava para o mar.

Damaris deixou-se ficar um pouco à janela, sentindo na cara a brisa que cheirava a ferrugem. Quando

---

[2] TV que era vendida com uma caixa, normalmente de madeira, que lhe servia de suporte, dispensando assim um móvel para pousar o aparelho. [*N. da R.*]

ele acabou de se despir e se deitou, ela fechou a janela, estendeu-se ao seu lado e começou a acariciá-lo. Nessa noite tiveram relações sem pensar em filhos ou no que quer que fosse; e não voltaram a falar do assunto, ainda que, por vezes, ao saber da gravidez de alguma conhecida ou do nascimento de uma criança na aldeia, Damaris chorasse em silêncio mal ele adormecia, cerrando os olhos e apertando os punhos.

Quando ela fez trinta anos, já tinham melhores condições e mudaram-se para um quarto um pouco mais espaçoso na mesma casa. Ela trabalhava numa das propriedades da falésia – a da dona Rosa –, onde recebia um ordenado fixo, e ele pescava numas embarcações grandes chamadas *vento e maré,* que passavam vários dias em alto-mar e podiam carregar toneladas de peixe. Numa dessas saídas, Rogelio e o seu companheiro apanharam três chernes e um montão de peixes-serra e encontraram ainda um cardume de pargos vermelhos, dos quais puderam pescar quase uma tonelada e meia, rendendo a cada um uma boa quantia. Ele queria comprar novas redes e uma aparelhagem com quatro colunas, mas havia já algum tempo que Damaris andava a pensar na melhor forma de lhe dizer que não tinha deixado de desejar um filho e que queria voltar a tentar, não importando os sacrifícios que tivessem que fazer.

A tia Gilma tinha-lhe falado de uma mulher muito mais velha do que ela, de trinta e oito anos, que conseguira ficar grávida e agora tinha um bebé encantador graças à intervenção do *jaibaná,* um médico indígena que tinha fama noutra aldeia. As consultas eram caras, mas com o dinheiro que tinham juntado podiam enfim começar o tratamento. Logo se veria. Na noite em que Rogelio anunciou que, no dia seguinte, iria a Buenaventura[3] comprar uma aparelhagem, Damaris pôs-se a chorar.

– Eu não quero uma aparelhagem – disse ela –, quero um bebé.

Em pranto, contou-lhe a história da mulher de trinta e oito anos, falou-lhe das vezes que tinha chorado em silêncio, do terrível que era toda a gente poder ter filhos e ela não, das facadas que sentia na alma de cada vez que via uma mulher grávida, um recém-nascido ou um casal com uma criança, do suplício que era ansiar por um ser pequenino para o embalar no seu peito mas todos os meses lhe chegar o período. Rogelio ouviu-a sem dizer palavra e a seguir abraçou-a. Estavam na cama, pelo que o abraço foi com o corpo inteiro, e assim adormeceram.

O *jaibaná* observou Damaris durante um longo tempo. Deu-lhe beberagens, preparou-lhe banhos e defumações e convidou-a para cerimónias nas quais a ungiu, a esfregou, a incensou, lhe rezou e cantou. Em seguida fez o mesmo com Rogelio, que desta vez não mostrou má atitude nem se recusou. Estes foram só os preparativos. O verdadeiro tratamento consistia em operar Damaris, sem a abrir em lado nenhum, para limpar os caminhos que deviam percorrer o seu

[3] Município colombiano situado na costa do oceano Pacífico, sede do porto marítimo mais importante da Colômbia. [*N. do T.*]

óvulo e o esperma de Rogelio e preparar o ventre que receberia o bebé. Era uma operação muito cara e tiveram de poupar durante um ano para a poderem pagar.

A operação aconteceu numa noite no consultório do *jaibaná*, uma barraca com telhado de palha e estacas altíssimas, que ficava depois da outra aldeia, no meio de um monte arrasado de vegetação e ressequido, onde abundavam os mosquitos e as ervas daninhas, o capim-das-pampas e as samambaias, que cresciam amontoando-se umas sobre as outras. Damaris e Rogelio despediram-se fora da barraca porque mais ninguém, além dela e do *jaibaná*, podia estar presente.

Quando ficaram a sós, o *jaibaná* deu-lhe a beber um líquido escuro e amargo e disse-lhe que se deitasse no chão, numa esteira. Ela trazia vestidos uns calções de licra até aos joelhos e uma blusa de manga curta e, assim que se deitou, viu-se acossada por uma nuvem de mosquitos que deixavam em paz o *jaibaná* enquanto a picavam por todo o corpo, até nas orelhas, no couro cabeludo e por cima da roupa. Os mosquitos desapareceram de repente e Damaris começou a ouvir uma coruja que piava ao longe. O canto da coruja foi-se aproximando aos poucos e, quando ficou tão alto que era a única coisa que conseguia ouvir, Damaris adormeceu.

Não sentiu mais nada e na manhã seguinte acordou com a roupa intacta, a mesma dor ligeira de todos os dias nas costas e nenhuma novidade no corpo. Rogelio estava lá fora à sua espera e levou-a de regresso a casa.

Damaris não teve sequer um atraso, e o *jaibaná* disse-lhes que não podia fazer mais nada por eles. De certa forma, foi um alívio, pois ter relações tinha--se convertido numa obrigação para o casal. Deixaram de as ter, no início talvez só para descansar, e ela sentiu-se livre, mas ao mesmo tempo derrotada e inútil, uma vergonha como mulher, um desperdício da natureza.

Nessa época já viviam na falésia. A cabana tinha uma salinha, dois quartos apertados, uma casa de banho sem duche e uma bancada sem lava-louça onde podiam ter posto o fogão, mas preferiam cozinhar no telheiro, que era espaçoso e tinha um lava-louça grande e um fogão de lenha que permitia poupar o valor da botija de gás. A cabana era pequeníssima e Damaris demorava menos de duas horas a limpá-la. No entanto, nesses dias dedicou-se a essa tarefa com tanta obsessão que demorou uma semana. Esfregou as tábuas das paredes por fora e por dentro, as do soalho por cima e por baixo, tirou toda a sujidade das juntas das tábuas com a ajuda de uma escova de dentes, escavou com um prego os orifícios e as fendas da madeira e lavou com uma esponja a face interior das chapas do telhado. Para o poder fazer, pôs-se em cima de uma cadeira de plástico, depois sobre a bancada da cozinha e ainda empoleirada no depósito do autoclismo que, como era de cerâmica, se partiu com o seu peso, o que a obrigou a poupar a seguir para o substituir.

Ao fim de dois meses, quando Rogelio voltou a procurá-la na cama, Damaris rejeitou-o; e na noite seguinte tornou a rejeitá-lo; e foi assim ao longo de uma semana, até que ele deixou de tentar. Damaris alegrou-se. Já não se iludia com a possibilidade de engravidar, nem esperava com ansiedade a falta do período ou sofria de cada vez que este lhe aparecia. Mas ele, amargurado ou ressentido, começou a atirar-lhe à cara que ela tinha partido o depósito do autoclismo e, de cada vez que lhe escapava alguma coisa das mãos – um prato, um frasco, um copo –, o que acontecia com frequência, criticava-a e troçava dela. «Desastrada», dizia-lhe. «Pensas que a louça cresce nas árvores?» «Da próxima vez pagas tu, ouviste?» Numa noite, com a desculpa de que ele ressonava e não a deixava dormir, Damaris mudou-se para o outro quarto e nunca mais voltou.

Agora estava quase a fazer quarenta, a idade em que as mulheres secam, como tinha ouvido dizer uma vez o seu tio Eliécer. Havia pouco, no dia em que adotara a cadela, Luzmila fizera a Damaris um alisamento e, enquanto aplicava o produto, elogiou-lhe a pele que se mantinha muito fresca, sem manchas ou rugas.

– Ao contrário de mim, como vês – disse, e depois acrescentou, em jeito de justificação: – Claro, como não tiveste filhos...

Nesse dia Luzmila estava de bom humor e só tinha querido elogiá-la, mas doeu-lhe até ao osso aperceber-se de que a prima, e seguramente toda a gente, dava o seu caso por perdido; e efetivamente assim era, ela sabia-o, ainda que lhe custasse aceitá-lo.

Por isso, este novo comentário de Luzmila, que aos trinta e sete anos tinha duas filhas e duas netas,

deu-lhe vontade de ser dramática como nas telenovelas e dizer-lhe, com lágrimas nos olhos, para que a
prima se arrependesse da sua maldade: «Sim, chamei-
-lhe *Chirli,* como a filha que nunca tive.» Mas nem foi
dramática nem disse nada. Pôs a cadela novamente
na caixa e perguntou a Luzmila se nessa semana
tinha falado com o pai, o tio Eliécer, que vivia no Sul
e ultimamente não se andava a sentir bem de saúde.

Por vezes, quando descia à aldeia, Damaris ia a casa da dona Elodia perguntar pelos cachorrinhos. A dona Elodia tinha ficado com um, que mantinha no bar da praia, dentro da caixa de cartão, e continuava a alimentar com a seringa. Tinha conseguido distribuir os outros por conhecidos das duas aldeias, mas esses cachorros estavam a morrer dia após dia. Um porque, na sua nova casa, o cão que já lá vivia tinha-o atacado; os restantes sete não se sabia bem porquê. Damaris tentava convencer-se de que eram demasiado pequenos e as pessoas não sabiam cuidar deles, mas as palavras de Luzmila soavam na sua cabeça uma e outra vez – «Vais matar esse animal de tanto lhe tocares» – e então pensava que talvez também ela estivesse a fazer tudo mal e a cadela um dia desses fosse acordar rígida como os seus irmãos.

Ao fim do primeiro mês, dos onze cachorros só restavam três: a de Damaris, o da dona Elodia e o de Ximena, uma mulher de cerca de sessenta anos que vendia artesanato na outra aldeia. Damaris achou surpreendente que o cachorro dessa mulher não tivesse morrido. Não a conhecia bem, mas sabia que não se cuidava muito. Uma vez, durante o festival das baleias, tinha-a visto tão bêbeda que não se aguentava em pé e, numa outra ocasião, num domingo de manhã, encontrara-a deitada nas escadas que desciam até à praia da outra aldeia, a cozer a bebedeira com nódoas de vomitado na roupa.

– Os nossos já se salvaram – disse-lhe a dona Elodia. – Agora, se algum morrer, será por outro motivo.

Damaris sentiu primeiro alívio e depois satisfação de que Luzmila se tivesse enganado, ainda que não tencionasse atirar-lho à cara. A sua prima sentia-se atacada por qualquer coisa que ela lhe dissesse e zangava-se por tudo e por nada. Para quê deitar mais lenha na fogueira se a cadela, que já abria os olhos e caminhava à procura da própria comida, se encarregaria de lhe dar razão?

Damaris continuava a andar com a cadela no sutiã, mas, como ela de dia para dia estava mais pesada, deixava-a agora mais tempo no chão. A cadelinha tinha entretanto aprendido a lamber, a comer da tigela, a alimentar-se das sopas de peixe que Damaris lhe preparava e, ultimamente, de restos de comida, como os outros cães. Além disso, estava a treiná-la para que fizesse as suas necessidades fora da cabana e do telheiro, onde passavam a manhã, enquanto Damaris cozinhava e dobrava a roupa lavada.

Até então, Rogelio não se tinha metido com a cadela. Mas agora, que estava mais ativa, que seguia Damaris para todo o lado, saltando e roendo-lhe os pés, e torturava os outros cães com os seus dentes afiados, a dona ficou vigilante. Se Rogelio lhe fizesse

alguma coisa, se se atrevesse tão-somente a levantar-
-lhe a mão, matá-lo-ia. No entanto, a única coisa que
ele fez foi dizer-lhe que já era altura de tirar a cadela
da cabana, para que não se habituasse a estar entre as
pessoas ou fizesse estragos na casa grande.

O tio Eliécer fora o dono da falésia até aos anos setenta, quando a dividiu em quatro lotes e os pôs à venda. Damaris tinha sido criada por ele porque o homem que engravidara a sua mãe, um soldado que cumprira o serviço militar na zona, a abandonara quando soubera da gravidez e então a mãe, para poder sustentar a filha, tivera de ir trabalhar para casa de uma família em Buenaventura. Mandava dinheiro quando podia e vinha passar o Natal, a Semana Santa e um ou outro fim de semana prolongado. Damaris cresceu numa cabana que o tio Eliécer e a tia Gilma tinham no terreno que hoje era da dona Rosa e que foi o primeiro que venderam. Em seguida, venderam o lote contíguo a um engenheiro da Arménia e o de trás aos Reyes.

Os Reyes eram o senhor Luis Alfredo, que nascera em Cali mas vivia em Bogotá, a sua mulher Elvira, bogotana, e o filho de ambos, Nicolasito. Mandaram construir uma casa grande, toda em chapa de alumínio – o material mais moderno que existia na altura –, com piscina e um telheiro amplo com lava-louça e

fogão de lenha para os *sancochos*[4], os churrascos
e as festas. E ainda uma cabana de madeira para
os caseiros. A família de Damaris mudou-se então
para o lote que ainda não tinham vendido e que era
contíguo ao dos Reyes. Como eles vinham ali passar todas as férias, Nicolasito e Damaris tornaram-
-se amigos. Tinham a mesma idade e faziam anos
no mesmo dia, uma data horrível para se fazer anos:
1 de janeiro.

Era dezembro. Ainda não tinham instalado a luz
na aldeia, Shirley Sáenz era a nova Miss Colômbia
e Damaris e Luzmila passavam o tempo a admirá-la
numas revistas *Cromos* que a dona Elvira tinha trazido de Bogotá. Nicolasito armava-se em explorador
e organizava umas caminhadas pela falésia nas quais
Damaris fazia de guia, levando lanternas mesmo de
dia. Iam fazer oito anos. Na maioria das vezes Luzmila acompanhava-os, mas nesse dia zangou-se porque não a deixaram ir à frente da expedição, atirou ao
chão o pau que levava para se defender das cobras e
foi para casa a praguejar.

Damaris e Nicolasito chegaram sozinhos ao seu
destino, um ponto baixo e cheio de escarpas onde
as ondas lambiam a falésia. No início, ficaram quie-
tos a observar um carreiro de formigas-cortadeiras
que, carregadas com pedaços de folhas, desciam em

---

4 O *sancocho* é uma sopa tradicional colombiana que leva vários tipos de carne
(geralmente frango, galinha, porco, vaca e rabo de boi) e peixe, e ainda pedaços
grandes de banana, batata, mandioca, milho e outros vegetais, dependendo da
região. Também é servido com abacate fatiado e um prato de arroz branco, que
geralmente é mergulhado na sopa a cada colherada. [*N. do T.*]

fila por uma árvore. Eram grandes, vermelhas e rijas, com pontas afiadas na cabeça e no dorso. «Parece que têm armaduras», disse Nicolasito. Aproximou-se então das escarpas, dizendo que queria que o orvalho das ondas o molhasse. Damaris tentou impedi-lo, explicou-lhe que era perigoso, disse-lhe que nesse sítio as rochas eram escorregadias e o mar traiçoeiro. Mas ele não lhe deu ouvidos, ergueu-se sobre a falésia e a onda que rebentou nesse momento, uma onda violenta, levou-o.

A imagem ficou assim gravada na memória de Damaris: um menino de tez clara e alto em frente ao mar, em seguida o jorro branco da onda e depois nada, a escarpa vazia sobre um mar verde que ao longe parecia calmo. E ela ali, junto às formigas-cortadeiras, sem poder fazer nada.

Damaris teve de regressar sozinha por uma selva que lhe pareceu mais cerrada e escura do que nunca. Por cima, as copas das árvores juntavam-se; e, em baixo, cruzavam as suas raízes. Os pés dela enterravam-se no tapete de folhas mortas do solo e desapareciam na lama. Damaris começou a sentir que a respiração que escutava não era sua, mas da selva, e que era ela – e não Nicolasito – quem estava a afogar-se num mar verde, repleto de insetos e plantas. Quis fugir, perder-se, não dizer nada a ninguém, e desejou que a selva a devorasse. Começou a correr, tropeçou, caiu, levantou-se e voltou a correr.

Quando chegou à propriedade dos Reyes encontrou a tia Gilma, que estava na cabana à conversa com os caseiros. A tia ouviu o que Damaris lhe contou, não disse uma palavra de repreensão e encarregou-se de tudo. Pediu aos caseiros que fossem procurar o Nicolasito na canoa e foi avisar a dona Elvira do que se passara. Como o senhor Luis Alfredo andava à pesca em alto-mar, a senhora estava sozinha em casa. A tia Gilma entrou e Damaris ficou à espera no telheiro. Não havia vento, as folhas das árvores estavam quietas e o único som que se ouvia era o do mar. Damaris teve a impressão de que o tempo esticava e que ela ficaria ali à espera até ser adulta e depois velha.

Finalmente saíram. A dona Elvira parecia louca. Gritava, chorava, agachava-se para ficar à sua altura, levantava-se, dava voltas pelo telheiro, gesticulava, fazia-lhe uma pergunta, e outra, e em seguida voltava a perguntar o mesmo de maneira diferente. Damaris esqueceu entretanto o que ela lhe perguntou mas não a cara da senhora, nem a sua angústia, nem os seus olhos, que eram azuis, com as veiazinhas por dentro rebentadas e o sangue a manchar a parte branca.

Nesse dia procuraram o Nicolasito até ser noite e continuaram a procurá-lo sem descanso nos dias seguintes. O tio Eliécer estava a ajudar nas buscas e à tarde, quando chegava com as más notícias, sentava-se num tronco que havia à entrada da cabana. Damaris sabia que esse era o sinal para que se aproximasse. Fazia-o sem demora, pois não queria que se zangasse mais do que já estava. Então o tio agarrava num ramo de goiabeira duro e elástico e açoitava-a. A tia Gilma tinha-lhe dito que procurasse não ficar tensa, que quanto mais relaxadas estivessem as coxas, que era onde o tio lhe batia, menos lhe doeria. Ela tentava, mas o medo e o estalido da primeira vergastada faziam com que retesasse todos os músculos, e então cada vergastada doía mais do que a anterior. As suas coxas pareciam as costas de Cristo. No primeiro dia tinha-lhe dado uma vergastada, no segundo duas e tinha ido aumentando uma por cada dia em que o Nicolasito não aparecia.

O tio Eliécer parou no dia em que lhe deu trinta e quatro vergastadas. Tinham passado trinta e quatro dias, o período mais longo que o mar tinha demorado a devolver um corpo. O Nicolasito estava sem pele pela ação do sal e do sol, comido pelos peixes, em algumas partes até aos ossos, e, segundo as pessoas que se aproximaram, hediondo.

A tia Gilma, Luzmila e Damaris foram vê-lo da falésia. Um corpo que agora parecia mais pequeno, o corpinho de um menino, deitado na areia, e a dona Elvira, tão loura, tão magra, tão linda, levantando-o um pouco do chão para o abraçar e o encher de beijos como se ainda fosse bonito. A tia Gilma passou o braço pelas costas de Damaris e ela não aguentou mais, desatando a chorar pela primeira vez desde a tragédia.

Os Reyes não voltaram à sua casa na falésia, mas também não a puseram à venda. O tio Eliécer vendeu o último dos seus terrenos a umas irmãs de Tuluá[5] e mandou construir uma casa de dois andares na aldeia, para onde foi viver com a família e a mãe de Damaris, que não teve de voltar a trabalhar em Buenaventura. Foi uma época de abundância: com os lucros das primeiras vendas, o tio tinha comprado um terreno no Sul, para onde foram viver os filhos que tinha da primeira mulher, e duas lanchas que alugava para a pesca. Tinha-se transformado num homem de posses e fazia umas festas que ocupavam a rua toda e duravam o fim de semana inteiro. Assim começou a desaparecer o dinheiro.

Chegou a ter tantas dívidas que, para as pagar, teve de vender uma das lanchas. Veio então a maré de azar. No ano seguinte, a segunda lancha afundou-se numa tempestade e, uns meses depois, uma bala perdida atingiu no peito a mãe de Damaris. No posto médico

---

[5] Município colombiano situado no Oeste do país, banhado pelo oceano Pacífico. [*N. do T.*]

da aldeia não puderam fazer nada por ela, pelo que a levaram de urgência para Buenaventura numa lancha, mas quando chegaram ao hospital já estava morta. Damaris, que estava quase a fazer quinze anos, cancelou a festa. Tinha-a planeado com a mãe e agora só queria que a deixassem chorar em paz no quarto que dividia com Luzmila. A prima sentava-se ao seu lado na cama, fazia-lhe trancinhas no cabelo e contava-lhe mexericos da vizinhança até conseguir fazê-la rir.

A gente da aldeia dizia que não era normal tantas desgraças seguidas e tinham de ser obra de algum invejoso que lhes fizera um bruxedo. Preocupados, os tios chamaram a Santos e ela fez-lhes uma limpeza à casa e a todos os membros da família, mas a situação não melhorou.

Uma maré viva derrubou a casa e, como não houve dinheiro para a reconstruir, a família dividiu--se. Nessa altura, Rogelio já tinha vindo parar à aldeia num barco de pesca avariado. Enquanto esperava a chegada das peças de Buenaventura para o arranjar, entreteve-se a beber cerveja e a observar as raparigas da povoação. Conheceu Damaris num domingo na praia e, quando o barco ficou pronto, demitiu-se, alugou um quarto na aldeia e juntou-se com Damaris. O tio Eliécer e a tia Gilma separaram-se. Ele foi viver para o Sul com os filhos mais velhos e ela encontrou um trabalho como criada no Hotel Pacífico Real, mudando-se com Luzmila para a outra aldeia.

Com o tempo, os Reyes deixaram de pagar o ordenado aos caseiros e de mandar os produtos necessários para manter a propriedade: detergentes, adubos, cera, fumigantes, tintas, cloro, óleo e gasolina para a roçadora e para o motor da piscina... Soube-se então que a empresa que tinham em Bogotá – uma fábrica de malas – tinha falido. Os caseiros despediram-se quando conseguiram arranjar trabalho numa quinta do interior e Josué aceitou cuidar da casa dos Reyes. Acabava de chegar à aldeia e não tinha mulher nem filhos, nem nada a perder. Pagavam-lhe menos de metade de um salário mínimo, mas ele arredondava-o pescando e caçando por sua conta. Um dia os Reyes também deixaram de lhe pagar e ele ficou na propriedade porque não tinha para onde ir. Tempos depois, morreu de um tiro de espingarda no que pareceu ser um acidente de caça.

O tio Eliécer estava no Sul, a tia Gilma tinha sofrido um derrame cerebral e era difícil percebê-la quando falava; e Luzmila, que já tinha marido, acabava de parir a sua segunda filha em Buenaventura. Além de Damaris, não restava ninguém na aldeia que tivesse sido próximo dos Reyes e pudesse dar-lhes a notícia da morte do caseiro.

Nessa época os telemóveis ainda não tinham chegado àquela zona. A loja da Telecom ficava entre as duas aldeias e era uma das poucas construções de tijolo. Tinha apenas uma janela e, quando estava calor, lá dentro estava ainda mais calor; e, se o dia estava fresco, lá sentia-se ainda mais frio. Damaris nunca tinha estado em Bogotá, nem sequer em Cali. A única cidade que conhecia era Buenaventura, que ficava a uma hora de lancha e não tinha prédios altos. Também não conhecia o frio das montanhas, mas, pelo que via na televisão e as pessoas diziam, parecia que Bogotá era como o escritório da Telecom depois de uma semana de chuva: um lugar escuro que fazia eco e cheirava a humidade como as grutas.

No dia em que ligou aos Reyes, estava sol, mas havia muitas nuvens e na aldeia fazia tanto calor que era como estar dentro da panela do *sancocho*. As mãos de Damaris estavam suadas e o papelinho onde anotara o número de telefone que tirara de um caderno do falecido Josué quase se desfazia. Entrou na cabine, marcou o número, a chamada demorou um segundo demasiado comprido a fazer-se e, enquanto ouvia o ruído da linha, Damaris pensou que do outro lado desses barulhos estavam uma parte muito feia do seu passado e uma cidade tão monstruosa que não a conseguia sequer imaginar. Preparava-se para desligar quando atendeu um homem.

– Senhor Luis Alfredo?

– Sim.

Damaris quis fugir.

– Fala a Damaris.

Ele ouviu o nome e fez-se um silêncio terrível, que ela recebeu resignada como recebera as vergastadas do tio todas as tardes durante trinta e quatro dias. Para os Reyes, ela era uma ave negra, sinal de mau agoiro. Em seguida, como pôde, nervosamente, Damaris contou-lhe o que acontecera: dois dias antes, tinham ouvido um tiro de espingarda na falésia. O seu marido e outros homens da aldeia subiram para procurar o Josué, mas não deram com ele nem na cabana nem nos caminhos. No dia seguinte, já havia abutres na falésia, assinalando o lugar onde se encontrava o corpo.

– Suicidou-se... – disse, impressionado, o senhor Luis Alfredo.

– Não, senhor, não creio. Na semana passada eu tinha falado com ele e estava bem, nem triste nem nada.

– Estou a ver.

– Até tinha planos de ir a Buenaventura comprar umas botas de que precisava.

– Compreendo.

– E o meu marido diz que provavelmente caiu e a espingarda disparou sozinha. O corpo estava no monte, numa posição muito estranha.

– O teu marido?

– Sim, senhor.

– Já tens trinta e três anos, não é?

Fez-se outro silêncio terrível e, em seguida, Damaris respondeu como que a desculpar-se:

– Sim, senhor.

O senhor Luis Alfredo suspirou. Depois lamentou a tragédia do caseiro, agradeceu a Damaris o telefonema e perguntou-lhe se ela poderia tomar conta da propriedade.

– Tu sabes como é importante para nós.

– Sim, senhor.

– Vou mandar-te o salário e dinheiro para as despesas.

Damaris sabia que não era verdade, mas fingiu que acreditava e disse que sim a tudo. Não só se sentia em dívida para com os Reyes como a emocionava a ideia de voltar a viver na falésia, que ela sempre considerara a sua casa.

Não foi difícil convencer Rogelio. Na falésia não teriam de pagar renda e a cabana dos caseiros, ainda que não fosse grande coisa, era mais ampla do que o quarto na aldeia e podiam arranjá-la. Para se sustentarem, continuariam a trabalhar como até então, ele caçando no monte e pescando nos barcos *vento e maré* e ela em casa da dona Rosa, que agora precisava dela mais do que nunca porque o marido, o senhor Gene, tinha ficado prostrado numa cadeira de rodas.

A única coisa de que não gostavam era de não haver luz na propriedade dos Reyes. No entanto, havia na da dona Rosa, que era em frente, tendo esta autorizado que Damaris e Rogelio fizessem uma puxada do transformador que alimentava a casa, podendo, desta forma, ter eletricidade. Subiram as suas coisas – a velha televisão de caixa, o fogão a gás que nunca chegaram a usar na falésia, a cama e os lençóis que lhes tinha oferecido a tia Gilma – e instalaram-se na cabana muito mais confortavelmente do que alguma vez tinham estado no quarto da aldeia.

O trabalho na propriedade dos Reyes não era complicado. Para lavar e limpar, usavam os produtos que, de qualquer maneira, tinham de comprar para a cabana, mantinham a piscina vazia e lavavam-na quando chovia, adubavam os jardins com resíduos orgânicos que conseguiam apanhar no monte e Rogelio usava na roçadora a gasolina que sobrava das suas saídas para pescar. A casa grande precisava de umas demãos de tinta e umas chapas rachadas substituídas, aos passadiços faltava-lhes um reforço porque o pavimento tinha apodrecido nalgumas partes, mas eles tinham sempre tudo limpo e bem cuidado. Quando viessem, os Reyes não teriam razão de queixa.

Os caseiros que tinham trabalhado para os Reyes estavam convencidos de que, em algum momento, eles voltariam ao sítio aonde o seu filho tinha morrido. Por isso, esforçavam-se por manter a casa cuidada e, sobretudo, o quarto do falecido Nicolasito tal como eles o tinham deixado, na medida em que o clima, a selva, o salitre e o passar dos anos o permitia.

A casa grande tinha sido construída para resistir às condições mais adversas. As chapas de alumínio eram inoxidáveis, o chão era de tábuas de balateira, uma madeira finíssima onde não entravam as térmitas nem o caruncho, e para os cimentos e as fundações tinham usado uma mistura de betão especial, mais forte. Não era uma casa bonita mas prática, com espaços amplos e móveis de materiais sintéticos. O quarto do falecido Nicolasito era o único que estava decorado. A dona Elvira tinha encomendado a cama e o armário ao melhor carpinteiro da aldeia e ela mesma os pintara de cores vivas. O conjunto das cortinas e da colcha da cama, com motivos do *Livro da Selva,* tinha-os trazido de Bogotá. Estavam um pouco desbotados e com alguns buracos pequeníssimos que, ao longe, nem se notavam. No armário, entre bolinhas de naftalina, havia ainda alguma roupa do Nicolasito: *T-shirts* e calções, dois fatos de banho, um par de ténis e uns chinelos. A porta mantinha--se aberta com um búzio que ele tinha trazido de Negritos num dia em que fora à pesca com o pai, e os brinquedos estavam numa arca de madeira também pintada pela dona Elvira. Sobreviviam os que eram de plástico ou de madeira, porque os que continham partes metálicas havia anos que se tinham oxidado.

Damaris aceitou então que Rogelio tinha razão. A cadela não devia habituar-se a estar com ela dentro da cabana ou na casa grande, onde passava grande parte do tempo em limpezas e a encerar. Podia estragar alguma coisa: o búzio do falecido Nicolasito, algum dos seus brinquedos, os seus ténis ou, Deus não o permitisse, os móveis que a sua mãe pintara.

Com tristeza e um certo sentimento de culpa, Damaris tirou a cadela da cabana e não a deixou voltar a subir atrás dela a nenhuma das duas casas, que se elevavam do chão sobre estacas: as da casa grande de betão especial e as da cabana de madeira ordinária. Mas não obrigou *Chirli* a viver debaixo delas como os outros cães. Deu à cadela um sítio no telheiro, onde estaria protegida da chuva e onde os outros cães estavam proibidos de entrar.

Era o aniversário da tia Gilma e Damaris saiu cedo para a visitar, antes que chegassem as primeiras lanchas de Buenaventura. Nesse dia começava a época alta do meio do ano e queria evitar as hordas de turistas que desembarcariam na doca e a seguir iriam para a outra aldeia, onde estavam localizados os melhores hotéis.

Na noite anterior tinha chuviscado um pouco. O céu amanhecera limpo e o mar azul e muito tranquilo. Percebia-se que seria um daqueles raros dias de céu azul intenso e calor abrasador. Quando passou pela casa da dona Elodia, esta saiu do interior e chamou-a acenando com a mão. No bar da praia estavam as suas filhas, a arrumar as mesas e a pôr as toalhas. A dona Elodia tinha vestido o avental de cozinha e nas mãos segurava uma faca de amanhar peixe.

– Morreu o cão da Ximena – disse.

Damaris ficou desconcertada.

– Como? – perguntou.

– Ela diz que foi envenenado.

– Como a mãe dos cachorrinhos.

A dona Elodia assentiu.

– Agora só restam a sua cadela e o meu – comentou.

Os cães já tinham feito seis meses. O da dona Elodia estava estendido na praia, fora do bar, no sítio onde antes a sua progenitora passava os dias. Era de porte médio, como a cadela de Damaris, mas era apenas nisso que se pareciam. Ele tinha orelhas pontiagudas e o pelo preto e despenteado, enquanto as orelhas da sua cadela eram descaídas e o pelo continuava cinzento e muito curto. Ninguém pensaria que eram da mesma ninhada. Damaris sentiu o impulso de voltar a casa para abraçar a cadela e se assegurar de que estava bem, mas era o aniversário da tia Gilma e obrigou-se a continuar em direção à outra aldeia.

Desde que sofrera o derrame, a tia Gilma tinha dificuldade em mexer-se e passava o tempo numa cadeira de baloiço que mudavam constantemente da sala para o corredor da entrada e do corredor da entrada para a sala. Dormia num quarto com as duas filhas e as netas de Luzmila. O marido da filha mais velha trabalhava em Buenaventura e só vinha a casa um fim de semana por outro. Luzmila e o marido dormiam no outro quarto. Ele trabalhava na construção civil e ela fazia vendas por catálogo: roupa, perfumes, maquilhagem, alisadores de cabelo, trens de cozinha... A vida não lhes corria mal. A casa era pequena, mas de tijolo, e mobilada: uma mesa de jantar oval em madeira e um jogo de sofás estofados com um tecido às flores.

Almoçaram arroz de camarão, cantaram os parabéns e comeram um bolo com um creme azul que tinham encomendado em Buenaventura. As meninas deram um presente à bisavó, a quem correram lágrimas pela cara abaixo. Damaris passou-lhe o braço pelos ombros e deixou-se ficar a acariciá-la por um bom tempo. Depois, as meninas quiseram brincar com a tia Damaris e enrolaram-se nas suas pernas e braços. A porta e todas as janelas estavam abertas, mas o sol estava a pique no céu e não soprava uma aragem. Luzmila e as respectivas filhas abanavam-se com revistas, a tia Gilma balouçava-se lentamente na sua cadeira e as meninas continuaram a insistir em brincar com Damaris, que começou a sentir-se sufocada.

– Agora não – dizia-lhes –, parem, por favor.

Mas elas não pararam até que Luzmila lhes deu um grito e as mandou para o quarto.

Pela tarde, no regresso à aldeia, Damaris passou pelas bancas de artesanato. Ainda chegavam turistas vindos do cais, a pé ou em moto-táxi, com as malas aos ombros, cansados e a suar, mas a maioria já se tinha instalado nos seus hotéis e muitos passeavam por ali, a ver as jarras de *güerregue*[6] e os chapéus e as mochilas de fibra de *ubuçu*[7] que os índios expunham no chão em cima de lençóis desbotados. Era difícil avançar no meio de tanta gente.

A certa altura Damaris ficou presa em frente à banca de Ximena, que era muito melhor do que a dos índios. Estava afastada do chão, tinha um toldo de plástico e o tampo onde expunha a mercadoria

---

[6] e [7] Palmeiras cujas fibras são usadas por algumas comunidades de artesãos para tecer cestas, chapéus e mochilas. [*N. do T.*]

era forrado a veludo azul. Vendia pulseiras, colares, anéis, brincos, pegas de tecido, papel de arroz tingido e cachimbos para fumar marijuana. Damaris cruzou o olhar com Ximena, que se levantou e foi ter com ela:

– Mataram-me o meu querido cão – disse-lhe.

Nunca tinham falado uma com a outra.

– Sim, a dona Elodia contou-me.

– Foram os vizinhos, uns filhos da puta.

Damaris sentiu-se desconfortável por ouvir falar mal daquelas pessoas, ainda que não soubesse quem eram, mas ao mesmo tempo teve pena de Ximena. Cheirava a marijuana, tinha a voz rouca do tabaco, a pele cheia de manchas e rugas e as raízes do cabelo, que usava comprido e pintado de preto, todas brancas. Contou a Damaris que havia umas semanas uma galinha dos vizinhos tinha passado a cerca e o cão matara-a quando já estava na sua propriedade, e agora, misteriosamente, o cão aparecia morto. Ximena não tinha provas para poder acusar os vizinhos e nem sequer garantia que o cão tivesse sido envenenado. Damaris pensou que podia ter morrido por qualquer outro motivo, uma cobra ou uma doença, por exemplo, e que, se Ximena tinha tanta raiva dos vizinhos, era apenas para não cair no desgosto.

– Eu queria uma fêmea – confessou-lhe –, mas a dona Elodia disse-me que tinhas ficado com a única que havia na ninhada, por isso fiquei com um cachorro. Era mínimo, lembras-te de como eram? O meu *Simoncito* cabia-me na mão.

Quando chegou a casa, Damaris alegrou-se tanto ao ver a cadela como a cadela de a ver, e deixou-se estar um bom bocado a fazer-lhe festas até que olhou para as mãos e se apercebeu de que tinham ficado sujas. Decidiu dar-lhe banho. O sol ainda estava bem forte e ela precisava de se livrar do calor e do suor da caminhada. Deu-lhe banho junto ao tanque, com a escova e o sabão azul da roupa, para azar da cadela que, como odiava água, baixou a cabeça e meteu o rabo entre as pernas.

A seguir, enquanto a cadela se secava com os últimos raios de sol, Damaris lavou uma roupa interior que deixara de molho e tomou ela própria banho. Como na cabana não havia duche, tomavam banho junto ao tanque, sem tirar a roupa e despejando uma cabaça por cima. O pôr do Sol estava espetacular. Parecia que havia um incêndio no céu e o mar ficou arroxeado. Já estava a escurecer quando pendurou a roupa interior num pequeno estendal de pé que havia no telheiro e deixou a cadela, que continuava ofendida por causa do banho, na sua caminha: um colchão que Damaris dobrara ao meio e forrara com umas toalhas velhas.

À noite o tempo continuava seco, mas tiveram de fechar a porta e as janelas da cabana, porque havia um alvoroço de *clavitos,* uns mosquitos que picavam como agulhas. Rogelio foi buscar uma panela velha e desconjuntada que guardavam debaixo da casa, encheu-a de estopa de coco e deitou-lhe fogo. A estopa começou a arder e os *clavitos* desapareceram mas, assim que o fumo começou a clarear, regressaram em maior quantidade e ambos tiveram de agarrar num trapo para os afastar. Não puderam ver a telenovela em paz. Estava tanto calor que ele ficou com manchas debaixo dos braços e a ela escorria-lhe um fio de suor junto das patilhas.

– Será que não chove? – queixou-se Damaris enquanto agitava o trapo.

Rogelio não respondeu e foi meter-se na cama. Ela deixou-se ficar a ver televisão porque sabia que, com o calor e com os *clavitos* a torturá-la, não seria capaz de dormir.

Já depois da meia-noite, quando davam as televendas, desenhou-se de repente um raio ali pertíssimo que, por instantes, iluminou tudo. Damaris deu um pulo com o susto, foi-se a luz e caiu uma chuvada tremenda, com raios, trovões e tanta água que era como se caísse aos baldes sobre o telhado da cabana. E então a temperatura baixou, os *clavitos* desapareceram e Damaris, sabendo que a cadela estava protegida no telheiro, foi dormir.

Na manhã seguinte continuava a chover muito e, como tinha dormido pouco, levantou-se tarde. O chão estava frio e húmido e a panela onde tinham queimado a estopa de coco na véspera servia agora para receber a água de uma goteira no meio da sala. A luz não tinha voltado e Rogelio estava sentado numa das cadeiras de plástico, diante da televisão apagada, a tomar um café que certamente tinha preparado no telheiro.

– A tua cadela fez disparates esta noite – disse.

Damaris ficou aterrorizada, não pelo que a cadela pudesse ter feito, mas pelo castigo que Rogelio lhe teria dado, aproveitando a sua ausência.

– Que lhe fizeste?

– Eu nada, mas ela deu-te cabo de uns sutiãs.

Damaris saiu da cabana a correr. Não se via o mar, as ilhas, a aldeia nem nada além da chuva, branca ao longe como uma cortina de gaze, correndo como um riacho pelos telhados, passeios e escadas da propriedade. Damaris chegou ao telheiro ensopada. As suas cuecas e as de Rogelio, que tinha pendurado no estendal na noite anterior, continuavam no lugar. Só os seus sutiãs, que eram três, estavam no chão, desfeitos. A cadela sacudia o rabo, tímida e com culpa, mas estava bem. Damaris inspecionou-a da cabeça à cauda e foi tal o alívio de a ver bem que, em vez de a repreender, abraçou-se a ela e disse-lhe que estava tudo bem, que tinha percebido a mensagem e que nunca mais lhe daria banho.

.

~

Damaris continuou a mimar a cadela até que esta se perdeu no monte. Foi numa noite em que estava sozinha, Rogelio tinha saído para pescar num *vento e maré*. O *Danger*, o *Oliveira* e o *Mosca* estavam a acabar de comer fora do telheiro e Damaris acariciava a cabeça da cadela como que a despedir-se, antes de entrar na cabana. De repente, o *Danger* começou a ladrar na direção do monte. Os outros dois cães ficaram alerta e a cadela saiu do telheiro e avançou uns metros, até ficar ao lado do *Danger*. Na direção em que ladravam não havia casas nem gente, pelo que Damaris calculou que se tratasse de algum animal, uma doninha, um ouriço-cacheiro, um porco do mato perdido ou doente. Como não havia Lua, estava escuríssimo e a única luz era a da lâmpada do telheiro. Ela não conseguia ver nem ouvir nada ao longe, mas os cães estavam cada vez mais nervosos, com o pelo eriçado e a ladrar muito alto.

Damaris começou a chamar a cadela para a tranquilizar e para que voltasse para ao pé de si. «*Chirli*», gritava sem vergonha de pronunciar em voz alta o nome de que a sua prima tinha troçado, «*Chiiiiirli*». Foi então que o *Danger* começou a correr e todos o seguiram, incluindo a cadela, que se meteu com eles pelo monte adentro.

Damaris ouvia-os a ladrar e a mexer-se no matagal. Como estava descalça e podia tratar-se de uma cobra, decerto uma víbora, das que saem de noite e são perigosíssimas e muito venenosas, a única coisa que podia fazer era continuar a chamá-los do telheiro. Gritou com voz furiosa, neutra, doce, suplicante... sem qualquer resultado, até que tudo se acalmou e já não se ouviram mais latidos nem nada. À sua frente ficou apenas a selva, tranquila como uma fera que acabou de engolir a sua presa.

Damaris foi à cabana, calçou as galochas, agarrou no machete e na lanterna e meteu-se pelo monte, na zona por onde tinham andado os cães. Em nenhum momento sentiu medo de tudo aquilo que temia nessa selva: a escuridão, as víboras, as feras, os mortos, o falecido Nicolasito, o falecido Josué e o falecido senhor Gene, os sustos de que tinha ouvido falar quando era criança... Também não se surpreendeu com a sua valentia. Apenas um pensamento a invadia: a cadela estava em perigo e tinha de a salvar.

Caminhou pelo matagal sem se afastar demasiado para não se perder nas trevas, apontando a lanterna para iluminar o caminho à sua frente em todas as direções, fazendo barulho e chamando a cadela, o *Danger*, o *Oliveira* e o *Mosca*. Como nenhum deles regressava nem acontecia nada, resolveu adentrar pela mata. Foi até à cascata que separava a propriedade dos Reyes das propriedades vizinhas, depois à cerca junto do caminho principal, a seguir ao penhasco, e chegou até a ir às palmeiras de patauá[7], onde terminava o único caminho que havia para aquele lado.

Via apenas o que conseguia iluminar com a lanterna, fragmentos de coisas, uma folha enorme, o ramo de uma árvore alcatifado de musgo, a asa de uma enorme borboleta com muitos olhos que, surpreendida pela luz, saiu assustada a esvoaçar junto à sua cabeça... As botas prendiam-se-lhe nas raízes e afundavam-se na lama, Damaris tropeçava, escorregava e, para se manter de pé, apoiava as mãos em superfícies duras, molhadas ou fibrosas. Roçavam-na coisas ásperas, peludas ou com espinhos e ela saltava pensando tratar-se de uma aranha, de uma cobra das que viviam nas árvores ou de um morcego chupador de sangue, mas nada lhe mordeu, só a picavam mosquitos, ainda que não se importasse com isso e continuasse a procurar na escuridão. O calor era viscoso, sentia-o colado à pele como se fosse lama, e parecia-lhe que o barulho das rãs e dos grilos, insuportável como a música da discoteca da outra aldeia, não estava na selva, mas dentro da sua cabeça. A luz da lanterna foi-se tornando mais fraca e ela não teve outro remédio senão voltar para a cabana, derrotada e a chorar, antes que se apagasse completamente.

Adormeceu de seguida, mas foi um sono que não a deixou descansar. Sonhava com ruídos e sombras, que estava acordada na sua cama, que não podia mexer-se, que alguma coisa a atacava, que era a selva que se tinha metido na cabana e a envolvia, que a

---

[7] Palmeira que pode atingir até 25 metros de altura. [*N. do T.*]

cobria de lama e lhe enchia os ouvidos com o ruído insuportável dos bichos, até que ela se convertia em selva, em tronco, em musgo, em lama, tudo ao mesmo tempo; e então lá se encontrava com a cadela, que lhe lambia a cara para a cumprimentar.

Lá fora caía uma tempestade feroz, com ventos que açoitavam as telhas e trovões que faziam tremer a terra, a água escorria pelas frestas e depositava-se dentro da cabana. Pensou em Rogelio, que estava num barco miserável no meio da fúria daquela tempestade, sem nada além de um colete salva-vidas, uma capa para a chuva e uns plásticos para se proteger, mas preocupou-se mais pela cadela lá fora no monte, encharcada, transida de frio, morta de medo, sem a dona para a proteger, e recomeçou a chorar.

A meio da manhã do dia seguinte parou de chover e Damaris continuou à procura dos cães. O dia estava escuro e fresco e tinha chovido tanto que tudo estava inundado. Caminhando no meio da água, tentou regressar aos lugares onde estivera na noite anterior, mas a chuva tinha apagado as pegadas. Também não havia pegadas no caminho principal, que estava encharcado como tudo o resto e que ela percorreu de lés a lés. Foi visitar os vizinhos para os avisar de que estivessem atentos aos cães: os caseiros da casa do engenheiro, que eram gente da aldeia e não deram qualquer importância ao assunto, e as irmãs de Tuluá que, como adoravam a sua *labrador,* sentiram a angústia de Damaris e a convidaram para almoçar.

À tarde foi à propriedade da dona Rosa, que estava vazia desde que o senhor Gene tinha morrido e ela piorara da cabeça. Antes da morte do marido, a dona Rosa esquecia-se dos nomes das pessoas, perdia objetos e fazia coisas que toda a gente achava engraçadas, como esborratar os olhos e a boca ou guardar o telemóvel no congelador. Com a morte do senhor Gene, ela piorou. Não sabia em que ano estava, pensava que continuava solteira em Cali, punha-se a dançar ao som do hino nacional ou achava que tinha acabado de chegar à falésia com o marido e estavam à espera dos materiais para construir a casa. Começou a perder-se dentro da propriedade, ficava de boca aberta a olhar como uma tonta para nada por longos momentos, falava com as paredes e até se esqueceu de tomar aguardente, de que tanto gostava e que bebia todos os dias.

Como não tinha filhos, uma sobrinha veio buscá--la e encarregou-se de tudo: internou a tia num lar de velhinhos de Cali e pôs a propriedade à venda. Enquanto não se vendia, a sobrinha continuava a pagar a Damaris e a Rogelio, como tinha feito a sua tia, para que cuidassem dela. Ele tratava dos jardins e das reparações e ela cuidava da limpeza da casa.

A cadela tinha ido para essa propriedade com Damaris todas as semanas desde que chegara à falésia e então ela pensou que, se calhar, podia estar onde mais gostava de se deitar, na placa de cimento do pátio traseiro, que se mantinha fresca e seca, independentemente do tempo que fizesse.

A cadela não estava ali nem em nenhum outro sítio da propriedade, que era a maior da falésia. Damaris percorreu-a de uma ponta à outra: a casa, os jardins, a escadaria na entrada, o longo recorte da falésia, o caminho até à cascata e a própria cascata que, como tinha chovido tanto, descia furiosa e se derramava por cima do muro da represa que o falecido senhor Gene tinha construído.

No segundo dia o sol também não apareceu e choveu com força até ao meio-dia. Damaris saiu depois do almoço, sob uma chuva tão fraca que, apesar de não se ver nem se sentir no corpo, molhava, e percorreu todos os caminhos secundários que só usavam os caçadores e os madeireiros. Também não havia sinal dos cães. A meio da tarde parou de chover, mas o céu não se abriu e o dia continuou cinzento e frio.

No regresso deparou-se com uma invasão de formigas, milhares e milhares avançando pela selva como um exército. Eram negras e não muito grandes, saindo dos ninhos debaixo de terra e arrasando com todos os bichos – vivos ou mortos – que encontravam pelo caminho. Teve de correr para as afastar, mas algumas ainda conseguiram subir por ela acima e, enquanto as sacudia, picaram-na nas mãos e nas pernas. Embora as picadelas ardessem como fogo, não deixavam marcas e a dor desparecia rapidamente.

A invasão de formigas chegou à cabana quinze minutos depois dela, Damaris subiu para uma cadeira de plástico e encolheu as pernas enquanto as formigas faziam o seu trabalho de limpeza. Duas horas depois já não havia rasto delas, nem das baratas que as formigas tiraram dos seus esconderijos e levaram consigo.

Nessa noite a temperatura desceu tanto que Damaris teve de tapar-se com uma toalha, o tecido mais grosso que havia na cabana. No entanto, não choveu. Ao terceiro dia, o sol conseguiu romper as nuvens, o céu e o mar encheram-se de cor e o tempo começou a aquecer. Quando Damaris estava quase a sair, apareceu Rogelio e, passados minutos, pelo lado do monte, chegaram os cães. Vinham sujos, esgotados e um pouco mais magros. Damaris chegou a emocionar-se, mas rapidamente se deu conta de que só ali estavam o *Danger*, o *Oliveira* e o *Mosca* e começou a chorar.

Embora Rogelio tivesse chegado com fome e cansado depois de cinco dias em alto-mar, foi com ela ao monte. Encontraram o rasto dos três cães no caminho principal e seguiram-no até La Despensa, onde terminava a falésia e havia outro braço de mar que os cães certamente teriam atravessado a nado. Não encontraram pegadas da cadela.

Rogelio continuou a acompanhar Damaris todos os dias. Foram para lá de La Despensa e da estação de aquacultura e meteram-se pelos terrenos da Marinha que era proibido atravessar. Ali a selva ficava mais escura e misteriosa, com árvores de troncos tão grossos como três Damaris juntas e o chão coberto de uma camada tão alta de folhas que por vezes as pernas se enterravam até meio.

Saíam depois do almoço, voltavam ao fim da tarde ou à noite, mortos de cansaço, com o corpo dorido por causa do exercício, arranhados pelas matas, picados pelos bichos e transpirados ou, se chovia, encharcados.

Um dia Damaris compreendeu por si mesma, sem que Rogelio a tivesse pressionado ou feito comentários desencorajadores, que nunca iriam encontrar a cadela. Estavam diante de um enorme buraco na terra, por onde entrava o mar. A maré estava alta, as ondas batiam furiosas contra as rochas e o jorro de água que subia disparado salpicava-os. Rogelio estava a dizer que para o atravessar teriam de esperar que a maré estivesse o mais baixa possível, descer ao buraco e subir pela parede escarpada do outro lado, tendo o cuidado de não escorregar porque as rochas estavam cheias de lodo. Damaris não o ouvia. Tinha regressado ao sítio e à hora da morte de Nicolasito e fechou os olhos, consternada. Rogelio dizia agora que também podiam abrir um caminho com os seus machetes, para contornar o buraco, mas o problema era que daquele lado havia uma quantidade insana de palmeiras espinhosas. Damaris abriu os olhos e interrompeu-o.

– A cadela morreu – disse.

Rogelio olhou-a sem compreender.

– Esta selva é terrível – explicou ela.

Havia demasiadas falésias como aquela, com escarpas cobertas de lama e ondas como a que tinha levado o falecido Nicolasito, árvores enormes que as tempestades arrancavam pela raiz e os raios partiam ao meio, aluimentos de terra, cobras venenosas e cobras que devoravam veados, morcegos que sangravam os animais, plantas com espinhos que podiam atravessar um pé e cascatas que engrossavam durante as chuvadas e arrasavam tudo aquilo que encontrassem no caminho... Como se fosse pouco, já tinham passado vinte dias desde que a cadela tinha desaparecido, era demasiado tempo.

– Vamos para casa – disse Damaris, pela primeira vez sem chorar.

Rogelio aproximou-se, olhou-a comovido e pôs-lhe a mão no ombro. Nessa noite, tiveram relações assim que chegaram a casa e foi como se não se tivessem passado dez anos desde a última vez. Damaris permitiu-se pensar que desta vez ficaria grávida, mas na manhã seguinte riu-se de si mesma, pois já tinha feito quarenta anos, a idade em que as mulheres secam.

O tio tinha-lho dito numa daquelas festas que ele organizava quando viviam na casa de dois andares da aldeia. Estava bêbedo e sem camisa, sentado na rua com um grupo de pescadores, quando passou por eles uma das mulheres da aldeia. Era alta, caminhava com orgulho, abanando as nádegas, e o cabelo, que tinha alisado, chegava-lhe a meio das costas. Damaris sempre a tinha admirado. Todos os pescadores a seguiram com o olhar e o tio bebeu mais um pouco.

– É tão boa – disse – e já deve ter quarenta, a idade em que as mulheres secam.

«Eu sempre estive seca», pensava agora Damaris, amargurada.

Durante alguns dias, ela e Rogelio mantiveram-se unidos. Ela contava-lhe o que se passava nas novelas da tarde e ele o que tinha visto e pensado enquanto caçava, pescava ou jardinava. Lembravam-se de coisas do passado, riam-se, comentavam as notícias e a telenovela da noite e iam dormir juntos, como no princípio, quando ela tinha dezoito anos e o desgosto por não engravidar ainda não tinha começado.

Numa manhã, enquanto preparava o pequeno-almoço no telheiro, Damaris deixou cair uma chávena do serviço que Rogelio tinha comprado na sua última viagem a Buenaventura.

– Nem dois meses te duraram! – disse ele, zangado –, tens mesmo mãos pesadas.

Damaris não lhe respondeu, mas nessa noite, quando apagaram o televisor e ele tentou aproximar--se, ela voltou-lhe as costas e foi meter-se no quarto onde dormia sozinha. Ficou a observar as suas mãos durante um momento: eram enormes, com os dedos grossos, as palmas curtidas e secas e as linhas tão marcadas como sulcos na terra. Eram mãos de homem, as mãos de um trabalhador da construção ou de um pescador, capazes de puxar peixes gigantes. No dia seguinte nenhum dos dois disse «bom dia» e volta-ram a distanciar-se, a não se olhar nos olhos, a dor-mir separados e a dizer-se somente o essencial.

Damaris não voltou a chorar pela cadela, mas a sua ausência pesava-lhe no peito como uma pedra. Sentia a sua falta a toda a hora. Quando chegava da aldeia e ela não estava no fim das escadas a abanar a cauda, quando arranjava o peixe e ela não aparecia para a observar com insistência, quando guardava os restos sem separar os melhores para ela ou quando de manhã tomava café e não tinha a quem acariciar a cabeça. Julgou vê-la muitas vezes: num monte de cocos que Rogelio encostara à cabana, nas cordas de amarrar as lanchas que estavam arrumadas no telheiro, num novo molho de lenha que pousara ao lado do fogão, nos outros cães, nas plantas do jardim, na sombra das árvores ao entardecer e na caminha dela – que continuava no telheiro tal como *Chirli* a deixara, porque Damaris não tinha ainda encontrado forças para a deitar fora.

O senhor Jaime disse-lhe que lamentava muito, como se lhe tivesse morrido um familiar, e Damaris agradeceu que levassem a sério os seus sentimentos. Diante da dona Elodia, enquanto lhe contava o que se passara, sentiu-se culpada por ter permitido que a cadela tivesse ido definitivamente embora, por não ter continuado à sua procura e ter perdido a esperança. A dona Elodia ouviu-a em silêncio e a seguir suspirou, como que resignada com a vida; da ninhada de onze cachorros, já só restava o seu cão. E agora, quando Damaris ia à outra aldeia, evitava passar pelo bar da praia porque sofria ao vê-lo.

Como a última coisa de que ela necessitava nesse momento era ouvir os comentários negativos de Luzmila, não contou a ninguém da sua família, nem sequer à tia Gilma. De qualquer maneira, a prima soube. Uma tarde, quando Rogelio regressava da pesca, encontrou por acaso o marido de Luzmila na cooperativa de pescadores; e, para ter alguma coisa para dizer, contou-lhe toda a história da cadela, do seu desaparecimento e do muito que a haviam procurado. Nessa noite, Luzmila ligou para o telemóvel de Damaris.

– Por isso é que eu não gosto desses animais – disse-lhe.

Damaris não percebeu se era porque podiam perder-se no monte ou porque morriam; mas, em vez de lhe pedir que explicasse, perguntou-lhe se nessa semana já tinha falado com o pai.

A morte do senhor Gene foi muito misteriosa. Nunca ninguém soube o que lhe teria acontecido nem como fora parar ao mar. Nessa altura ele já estava quase completamente paralisado e só podia mexer os dedos. A maioria das pessoas achava que ele se suicidara, atirando-se da falésia com a cadeira de rodas, mas Damaris e Rogelio sabiam que seria impossível. O motor da cadeira não tinha força para isso e, se o senhor Gene o tivesse tentado, acabaria preso nos *guajurus* que cresciam nos rebordos da falésia, como daquela vez em que não conseguiu travar a tempo e Rogelio teve de o tirar dali ao colo. Havia quem achasse que a dona Rosa o tinha empurrado, uns diziam que por piedade e outros para se livrar dele.

Rogelio até achava possível que a dona Rosa o tivesse empurrado porque nessa altura ela já não estava boa da cabeça. Isso era verdade, mas Damaris tinha a certeza de que, por mais tresloucada que estivesse, não tinha sido ela. Se não fazia mal aos ratos-do--monte que faziam ninhos no armário, aos gafanhotos que lhes comiam a roupa ou às borboletas enormes que mais pareciam morcegos e a assustavam à noite, muito menos teria matado o marido.

De qualquer modo, quando o senhor Gene desapareceu com a cadeira de rodas e não encontraram sinal dele na falésia, Rogelio foi o primeiro a dizer que não devia estar em terra. Os homens da aldeia, que o ajudavam nas buscas, não perceberam logo.

– Se estivesse cá em cima – explicou, olhando o céu –, isto estaria cheio de abutres.

E isso era tão certo que os homens se olharam como que a dizer «Mas como é que não pensámos nisso?», e Damaris sentiu-se orgulhosa do marido.

Damaris viu o cadáver do senhor Gene assim que o tiraram do mar e o trouxeram para a praia. Estava mais branco do que fora em vida – e ele fora branquíssimo, o branco mais branco que Damaris conhecera. Tinha a pele descascada em alguns sítios, como uma laranja, os dedos das mãos e dos pés comidos pelos animais, os buracos dos olhos vazios, a barriga inchada e a boca aberta. Damaris olhou-o também por dentro: faltava-lhe a língua e uma água escura subia-lhe até à garganta. Cheirava a podre e ela pensou que a qualquer momento lhe sairiam peixes pela barriga ou nasceria uma trepadeira.

Estivera perdido vinte e um dias e era, depois do Nicolasito, o segundo corpo que o mar mais demorara a devolver.

A cadela apareceu quando já ninguém perguntava por ela a Damaris. Nesse dia, a dona acordou cedo com o alvoroço das lanchas dos pescadores, que saíam para o mar aberto pelo canal onde as guardavam à noite. O dia nascera encoberto, mas sem chuva, e ela estava preocupada porque já só tinham um peixe para comer. Assim que abriu a porta da cabana para ir ao telheiro, viu-a no jardim, junto ao coqueiro. A primeira coisa que pensou foi que os seus olhos a estavam a enganar outra vez, mas agora, sim, era realmente ela, magérrima e toda suja de lama.

Damaris saiu da cabana e aproximou-se. A cadela começou a abanar a cauda, e a dona voltou a chorar. Baixou-se para a abraçar. Cheirava mal. Inspecionou-a: tinha carraças, um golpe na orelha, uma chaga profunda na pata traseira e viam-se-lhe as costelas. Damaris examinava-a obsessivamente. Não conseguia acreditar que tivesse regressado, e menos ainda que estivesse em tão bom estado depois de tanto tempo a monte. Tinham passado trinta e três

dias, mais doze do que os que estivera perdido o
senhor Gene e apenas menos um do que o Nicolasito,
mas como não tinha sido o mar a devolvê-la, e sim a
selva, estava viva. Viva! Damaris não se cansava de o
repetir na sua cabeça.

– Está viva! – disse em voz alta quando Rogelio
saiu da cabana.

Ele ficou tão espantado de a ver que não conseguiu dizer nada.

– É a *Chirli*! – entusiasmou-se Damaris.

– Bem vejo – disse ele.

Aproximou-se, inspecionou-a da cabeça à cauda
e até a cumprimentou com uma palmada no lombo.
Em seguida, agarrou na espingarda e foi caçar para o
monte.

Damaris limpou-a, desinfetou-lhe as feridas com
álcool e preparou um caldo de peixe, que lhe serviu
todinho, incluindo a cabeça, ficando ela sem ter o
que comer. Depois desceu à aldeia e, com vergonha
porque nesse mês não tinham podido pagar a dívida
do que ele lhes fiara, pediu ao senhor Jaime que
lhe emprestasse dinheiro para comprar *Gusantrex*,
uma pomada que evitaria que aparecessem larvas.
O senhor Jaime deu-lhe o dinheiro sem perguntar nada e ainda lhe fiou meio quilo de arroz e dois
bocados de frango.

Como o *Gusantrex* não se conseguia encontrar em
nenhuma das aldeias, Damaris mandou-o trazer pela
filha mais velha de Luzmila, que ia a Buenaventura
nesse dia, sem se importar com o que a prima pudesse pensar ou dizer.

O *Gusantrex* chegou na última lancha, e Damaris dedicou os dias seguintes a cobrir as feridas da cadela com a pomada, a alimentá-la com caldos e a mimá-la.

A cadela engordou e sararam-se-lhe as feridas, mas Damaris continuou a tratá-la como se estivesse fraca e já nem se preocupou em evitar chamar-lhe *Chirli* ou mimá-la à frente de alguém, até mesmo de Luzmila, quando esta veio celebrar o Dia da Mãe.

Luzmila chegou com toda a família: o marido, as filhas, o genro, as netas e até a tia Gilma, que trouxeram em braços escada acima e acomodaram num dos cadeirões da varanda da casa grande. Prepararam *sancocho* de galinha no fogão a lenha do telheiro, encheram a piscina e tomaram banho. Ninguém disse «Vejam bem como somos abusadores», mas Damaris acreditava que todos deviam estar a pensá-lo; e, ainda que se risse das piadas e brincasse com as crianças, não estava confortável. Sentia-se mortificada pelo que as pessoas pensariam se os vissem então ocupando a casa dos Reyes. A tia Gilma abanava-se como uma rainha na cadeira grande da varanda, Rogelio estava deitado noutra junto à piscina, Luzmila e o marido, sentados na borda, bebiam de uma garrafa de aguardente, as crianças faziam piruetas na água e Damaris, acabada de sair da piscina, desfilava com o seu rabo gigante, de calções de licra curtos e com a blusa às riscas que usava como fato de banho ou roupa de trabalho desbotada, deixando um rasto de água pelo carreiro de pedrinhas. E dizia a si mesma que era impossível que alguém os confundisse com os donos. Não passavam de um bando de negros pobres e mal vestidos que usavam as coisas dos ricos. Uns abusadores, era o que qualquer pessoa pensaria, e Damaris queria morrer porque para ela fazer-se passar pelo que não era constituía algo tão terrível ou indevido como o incesto ou outro crime.

Sentou-se no chão com as pernas esticadas e encostou-se à parede do telheiro. A cadela pôs-se ao seu lado, deitou a cabeça nas suas coxas e ela entreteve-se a fazer-lhe festas. Luzmila olhou-as, abanando a cabeça, e em seguida foi oferecer uma bebida a Rogelio.

– Já te tiraram da cama para lá meter a cadela? – perguntou-lhe. – É que ao almoço foi a ela que a Damaris serviu o melhor pedaço.

Estava a exagerar. Era verdade que a prima tinha dado uma porção de *sancocho* à cadela, mas fora apenas a pele e um bocadinho do seu pedaço de carne.

– Ainda não – respondeu Rogelio –, mas não compreendo porque desperdiça tanto tempo com aquele animal, que já andou pelo monte e se estragou. Eu já a avisei de que a cadela vai voltar a fugir.

Rogelio tinha razão. A cadela voltou a fugir num dia em que foram a casa da dona Rosa. Damaris deixou-a no pátio das traseiras, como sempre, e subiu as escadas. Abriu as janelas e as portas para arejar a casa, tirou as teias de aranha dos cantos e limpou o pó dos móveis, lavou a cozinha e a casa de banho, varreu e encerou o chão e fumigou todos os espaços. Ficou com as mãos ásperas e a cheirarem a químicos.

Quando acabou e veio para baixo, por volta das quatro da tarde, a cadela não estava. Havia uma camada de nuvens grossas e tão baixas que pareciam esmagar a terra. O ar estava pesado e Damaris calculou que a cadela, acalorada e receosa de que chovesse, regressara a casa.

Foi direta à sua procura, queria dar-lhe um pouco de água. Os cães tinham a língua de fora e estavam debaixo da cabana. Ela não. Nem a encontrou em mais lado nenhum. Procurou-a debaixo da casa grande, nas escadas, no jardim, no telheiro... Damaris suava e sentia-se sufocar por causa do calor abafado. Desejava ter-se salpicado com água no tanque para se refrescar, mas era mais importante encontrar a cadela. Chamou-a aos gritos por todos os cantos da propriedade e chegou a subir ao monte para a continuar a procurar e a chamar. Fê-lo até estar já demasiado escuro para andar descalça e sem lanterna. Nada.

Quando regressou a casa, lavou-se no tanque. Estava mais zangada do que preocupada. Enraivecia-a que a cadela tivesse fugido, que o tivesse feito sozinha, sem a influência dos outros cães, que a obrigasse a gritar e a procurá-la daquela maneira, que a fizesse passar por angústias e, sobretudo, que Rogelio tivesse razão e a cadela fosse afinal uma perdida. Por isso não lhe contou nada quando ele chegou da pesca com um monte de peixes e, para evitar que se desse conta, não a foi procurar ao anoitecer. Sentia tanta raiva que nem prestou atenção à novela da noite. Já estava a dar o telejornal quando decidiu sair e dar uma última espreitadela, com a desculpa de que tinha de ver se o peixe que ele trouxera estava bem guardado.

As nuvens tinham ido para outro lado e a noite estava limpa e fresca. Ao longe, sobre o mar, tão distante que não se ouvia, havia uma tempestade elétrica e eram visíveis os relâmpagos azuis e alaranjados, que caíam como arranhões na escuridão. A cadela tinha regressado. Estava na sua cama e Damaris alegrou-se ao vê-la, mas não o demonstrou.

– Raça de cadela má! – disse-lhe quando ela se levantou para a cumprimentar. – A cadela baixou a cauda e a cabeça. – Vais ficar sem comida esta noite – ameaçou.

Mas em seguida arrependeu-se e serviu-lhe os restos que lhe tinha guardado.

Na manhã seguinte a cadela estava muito dócil e não se separou da dona nem por um minuto. Damaris perdoou-lhe e decidiu que Rogelio estava enganado e que havia esperança para a cadela. Munida de uma das cordas que o marido usava para amarrar as lanchas, enlaçou-a pelo pescoço com o mesmo nó que usava para amarrar a canoa, atou-a a uma das colunas do telheiro, sentou-se ao seu lado e esperou pacientemente que a cadela tentasse sair.

Quando *Chirli* se pôs a puxar a corda, Damaris começou a dizer-lhe – suavemente para que se acalmasse – tudo o que esperava dela: que não fugisse nunca mais, que voltasse a ser uma cadela obediente, que se lembrasse da fome e dos horrores dos trinta e três dias que estivera perdida no monte, que não fosse burra e aprendesse com essa experiência. Rogelio chegava do monte nesse momento, com uns paus de que necessitava para reparar a cabana, e observou a cena assustado.

– Queres matar esse animal, é? – perguntou.

– Porque dizes isso?

– Isso é um nó corrediço: vais enforcá-la.

Damaris precipitou-se sobre o pescoço da cadela com a intenção de a libertar, mas, como ela tinha estado a mexer-se desesperada, o nó tinha-se apertado e não cedia. Rogelio afastou a mulher, dominou a cadela, deitou-a e agarrou no seu machete. Damaris ficou sem reação e, antes que pudesse fazer alguma coisa, Rogelio cortou a corda e a cadela libertou-se.

Assim que *Chirli* se acalmou e bebeu água, Rogelio ensinou à mulher a melhor forma de amarrar a cadela. Estava bem que usasse o nó corrediço para evitar que se soltasse, mas jamais deveria enlaçá-la pelo pescoço. Em vez disso, a corda deveria atravessar o peito desde o ombro e passar por baixo da pata dianteira do lado contrário, tal como as pessoas cruzavam uma mala a tiracolo.

Damaris manteve a cadela presa durante uma semana. A corda era grande e ela podia procurar a sombra à medida que o Sol se movia e chegar à erva que rodeava o telheiro para fazer as suas necessidades. A dona enchia a taça da água sempre que estava vazia e dava-lhe a comida junto ao pilar a que estava amarrada. À noite deixava uma luz acesa para evitar que os morcegos a mordessem.

No final dessa semana, antes de a soltar, olhou-a nos olhos e disse-lhe «vamos a ver». A cadela saiu a correr como um cavalo selvagem e Damaris achou que fugiria. Mas não foi assim. Quando se cansou, voltou ao telheiro com a língua de fora, bebeu água e deitou-se ao seu lado. Damaris achou que era bom sinal, ainda assim continuou a vigiá-la. Não a perdia de vista: se se afastava, chamava-a para a obrigar a voltar para o seu lado; e amarrava-a todas as noites, quando ia à aldeia ou se, por estar ocupada, não podia prestar-lhe atenção.

No entanto, bastou que voltasse a acreditar nela e a relaxar um pouco a vigilância para que a cadela se escapasse. Desta vez, esteve um dia e uma noite fora e a partir daí nada funcionou: amarrá-la durante um mês, deixá-la sempre solta, vigiá-la a tempo inteiro, despreocupar-se, tirar-lhe a comida como castigo, dar-lhe mais comida do que de costume, tratá-la mal ou enchê-la de mimo. Na primeira oportunidade, a cadela fugia e passava horas ou dias fora.

Rogelio não fez comentários, mas Damaris ficara fora de si com a hipótese de ele estar a pensar «eu avisei-te» e começou a sentir raiva em relação à cadela. Numa das ausências da *Chirli,* tirou-lhe a cama do telheiro e atirou-a pela falésia abaixo, para uma lixeira de latas de óleo de motor e barris de gasolina furados que havia no canal. Deixou de lhe fazer festas, de lhe separar os melhores restos, de lhe dar atenção quando abanava o rabo, de se despedir dela à noite e até de acender a luz do telheiro. Quando a cadela foi mordida por um morcego, Damaris só se apercebeu porque Rogelio lhe chamou a atenção para a mancha de sangue e lhe perguntou se não fazia tenções de a tratar. Como Damaris encolheu os ombros e continuou o que estava a fazer – a coar o café da manhã –, Rogelio foi buscar o *Gusantrex* à cabana e aplicou-o ele mesmo.

O corte sarou e agora era Rogelio quem se assegurava de que a luz do telheiro ficava acesa durante a noite. Não que se tivesse passado a encarregar dela, mas qualquer pessoa alheia à situação pensaria que a cadela lhe pertencia e que era Damaris quem não gostava de animais. E ela começou, de facto, a incomodar-se com a presença da cadela, e que cheirasse mal, que se coçasse, que se sacudisse, que lhe escorresse um fio de baba do focinho e que, nos dias de chuva, enlameasse com as suas patas o chão do telheiro e o pavimento à volta da piscina e no jardim. Desejava que se fosse embora de uma vez por todas, que não voltasse, que a mordesse uma víbora e assim morresse.

Em vez disso, a cadela deixou de fugir e tornou--se mais calma. Passava os dias onde quer que estivesse Damaris, deitada no telheiro enquanto ela cozinhava ou dobrava a roupa limpa, debaixo da casa grande enquanto a dona fazia a limpeza ou junto à cabana enquanto ela via as telenovelas da tarde. Um dia, Damaris deu por si a fazer-lhe festas como nos velhos tempos.

– Tão linda a minha cadela – disse para que Rogelio a ouvisse –, já ganhou juízo.

Era um fim de tarde e estavam ambas sentadas no último degrau, viradas para o canal por onde a maré subia rápida, escura e silenciosa como uma enorme anaconda. Ele estava sentado numa cadeira de plástico que tinha trazido da cabana, a limpar as unhas com uma faca de cozinha.

– Isso é só porque está grávida – disse.

Para Damaris foi como um murro no estômago: sentiu que lhe faltava o ar. Nem sequer se deu ao trabalho de negar porque era evidente: a cadela tinha as tetas inchadas e a barriga redonda e dura. Era incrível que tivesse sido preciso ser Rogelio a dizer-lho.

Damaris encheu-se de tristeza, e tudo – desde levantar-se da cama, preparar a comida, mastigar os alimentos – lhe custava imenso. Sentia que a vida era como o canal e que lhe tinha calhado ter de o atravessar com os pés enterrados na lama e a água pela cintura, completamente sozinha, num corpo que não lhe dava filhos e só servia para partir coisas.

Quase não saía da cabana. Passava o tempo fechada a ver televisão, deitada num colchão que punha no chão enquanto lá fora o mar aumentava e diminuía, a chuva se derramava sobre o mundo e a selva, ameaçadora, a rodeava sem a acompanhar, tal como sucedia com o marido, que dormia no outro quarto e não lhe perguntava o que tinha, com a prima, que só aparecia para a criticar, com a sua mãe, que tinha ido para Buenaventura e logo a seguir morrera, ou com a cadela, que tinha criado sozinha e que depois a abandonara.

Damaris não suportava olhar para ela. Era uma tortura vê-la cada vez mais barriguda quando abria a porta da cabana. A cadela esforçava-se por estar sempre ali e segui-la da cabana para o telheiro, do telheiro para o tanque e do tanque para a cabana...

Damaris tentava enxotá-la. «Desaparece», dizia-lhe, «deixa-me», e uma vez até lhe levantou a mão como se lhe fosse bater, mas nem isso assustou a cadela, que continuava atrás dela, lenta e pesada devido aos filhotes que tinha dentro de si.

Era uma noite de chuva intensa, mas estava calor dentro da cabana. Não havia luz e permaneciam às escuras e sem a televisão ligada, com a sala pejada de melgas. Rogelio esquecera-se de juntar a estopa de coco e assim não tinham como afastá-las. Damaris, torturada pelos bichos, embrulhou-se da cabeça aos pés num lençol. Sentou-se numa das cadeiras de plástico junto à janela, sem a abrir para que não entrasse água, e deixou-se estar a ouvir a chuva, um zunzum contínuo que era como gente a rezar num velório. Rogelio vestiu a sua capa plástica e calçou as botas e saiu da cabana dizendo que preferia ir para o telheiro, onde não havia paredes e pelo menos podia refrescar-se com a frescura da chuva. Não tinha passado muito tempo quando a porta se abriu com um estrondo. Era Rogelio, sem a capa e completamente ensopado.

– Os cachorrinhos estão a nascer! – anunciou.

Damaris nem se mexeu.

– E tu achas que me importo? – perguntou.

Rogelio abanou a cabeça.

– Estás mesmo amarga! A cadela não é tua? Não gostavas tanto dela?

Damaris não respondeu e Rogelio voltou a sair.

Ela só viu os cachorrinhos no dia seguinte, quando sentiu fome e teve de ir ao telheiro preparar o almoço. Rogelio tinha improvisado uma cama com a sua capa para a chuva, e a cadela estava a amamentá-los. Eram quatro, todos diferentes e tão pequenos, cegos e indefesos como a cadela no dia em que Damaris a encontrara no bar da dona Elodia. Cheiravam a leite e ela não resistiu. Pegou neles um por um, aproximou-os do nariz para sentir o seu aroma e apertou-os junto ao peito.

A cadela revelou-se uma péssima mãe. Na segunda noite comeu um dos cachorros e nos dias seguintes deixava abandonados os restantes três para ir apanhar sol à beira da piscina ou deitar-se no tanque, onde estava sempre fresco, ou então debaixo de alguma das casas com os outros cães, em qualquer lado, só para não estar ao pé deles. Damaris tinha de a agarrar à força, levá-la de volta para o telheiro e obrigá-la a estar deitada para que os filhotes pudessem mamar.

Tinham duas semanas quando Damaris teve novamente de comprar leite em pó, porque a cadela não os alimentava o suficiente e passavam o tempo a ganir com fome. Ainda não tinham um mês quando a cadela voltou a desaparecer e, como não regressava, os cachorrinhos tiveram de aprender a comer restos. Quando voltou, muitos dias depois, o leite tinha secado e ela desinteressou-se completamente deles.

Os cachorros faziam as suas necessidades no telheiro, nos passeios, nas escadas, em todo o lado menos na erva; e agora, além de todos os seus afazeres, Damaris ainda tinha de andar atrás deles, a limpar a porcaria que faziam. Num dia em que foi limpar a casa da dona Rosa, esteve fora toda a tarde e não teve tempo para tratar deles. Quando Rogelio chegou da pesca, pisou um cocó e, embora estivesse de chinelos e só tivesse sujado a sola, ficou furioso e avisou que da próxima vez não responderia pelos seus atos.

Rogelio não voltou a pisar cocó, mas poucos dias depois um dos cachorros saltou-lhe para cima para lhe morder os dedos dos pés com os seus dentes afiados, e ele deu-lhe um pontapé, atirando-o contra a parede do telheiro.

– Bruto! – gritou Damaris, indo ver o cachorro. Era a fêmea, a mais brincalhona de todos, uma bolinha de pelo preto com um remendo branco no olho.

Rogelio seguiu caminho sem pedir desculpa e nem se voltou para ver o que lhe tinha acontecido. Embora tivesse batido com força e ficado atordoada, a cadela reagiu rapidamente e, numa questão de minutos, já estava a brincar outra vez.

No dia seguinte Damaris começou a tentar encontrar-lhes donos.

O maior, um macho de pelo encarniçado e orelhas grandes, ficou numas cabanas para turistas que
havia na ladeira, já a caminho da outra aldeia. O outro
macho, que era cinzento e de pelo curto como a mãe,
foi adotado por uma irmã da mulher do senhor Jaime.
Ninguém queria a fêmea. Não existiam veterinários na
zona nem forma de esterilizar os animais, e ninguém
gostava de ter de cuidar de fêmeas com cio e menos
ainda de se ocupar das crias. Damaris tinha visto muitas vezes como atiravam ao canal uma ninhada inteira
de cães ou gatos para que a maré a levasse.

A dona Elodia estava a ajudar nesta busca por
donos e lembrou-se de Ximena, que tinha perdido
o seu cão e que desde o início tinha querido uma
fêmea. Nenhuma das duas, nem ninguém que conhe-
cessem, tinha o número de telemóvel dela, por isso
Damaris foi até à banca de artesanato que ela tinha
na outra aldeia para lhe perguntar se estava interessada.

Ximena disse que sim, muito entusiasmada, e ficou
de passar a buscar a cachorra no dia seguinte. Como
não conhecia o caminho até à falésia, Damaris deu-lhe

indicações e trocaram números de telemóvel. E depois esteve à espera todo o dia, mas Ximena nunca apareceu. Como não tinha saldo no telemóvel, Damaris teve de esperar até ao dia seguinte, quando a maré baixou e foi à aldeia às compras, para lhe ligar do telefone da venda do senhor Jaime. Ximena não atendeu nem foi buscar a cadelinha nessa tarde, nem nos dias que se seguiram.

Passou outra semana. E a cachorra estava numa idade horrível. Pedia mais comida do que os cães grandes, andava sempre a morder os pés de Damaris, continuava a fazer cocó onde não devia e destruía tudo o que tinha à frente: a perna de uma cadeira, os únicos sapatos elegantes de Damaris, os panos de cozinha e uma boia de pesca de Rogelio, que Damaris atirou da falésia sem ele se aperceber para que não castigasse a cadelinha. E, quando Rogelio lhe perguntou se tinha visto a boia, ela respondeu que não e ele olhou-a desconfiado, mas não disse nem fez nada.

Damaris começava a compreender as pessoas que atiravam os cães ao mar e tentava convencer-se de que era isso que tinha de fazer quando na aldeia a abordou um bagageiro que trabalhava no cais. Tinha ouvido dizer que ela andava a oferecer uns cãezinhos e queria saber se ainda restava algum. Damaris respondeu-lhe que havia apenas uma fêmea.

– Quando ma podes entregar? – perguntou ele, decidido.

Damaris pensou em ligar a Ximena para confirmar que ela já não a queria mas, ainda que estivesse na zona do cais, onde havia várias pessoas que vendiam chamadas telefónicas, decidiu não o fazer. E se ela não atendesse e o bagageiro se arrependesse de levar um animal por ela o ter prometido a outra pessoa? Ou pior ainda, se ela atendesse, garantisse que a ia buscar como fizera antes e nunca aparecesse?

– Se quiser, vamos agora mesmo buscá-la – disse Damaris.

A maré estava baixa, por isso atravessaram o canal e caminharam com a água pelos tornozelos. Ele nunca tinha estado na falésia. Ficou de boca aberta, a admirar a piscina, os jardins e a vista para o mar, as ilhas e o riacho. Sobre a casa grande não disse uma palavra.

– Há vinte anos que os donos não mandam dinheiro nem para a pintar – explicou Damaris.

– É um milagre que ainda esteja de pé – comentou ele.

Ela entregou-lhe a cachorra e o bagageiro foi-se embora, sorridente, a fazer-lhe festas.

Damaris ficou a vê-lo lá de cima. Era feíssimo, com marcas de acne na cara e tão magro que parecia doente, um sobrevivente de todas as malárias. A mulher era mais gorda que Damaris e pelo menos vinte anos mais velha que o marido, mas andavam sempre pela aldeia de mãos dadas. Damaris pensou que gostariam certamente muito da cachorra, pois também não tinham filhos, e perguntou-se se seria isso que os manteria unidos.

Ximena demorou mais uma semana a aparecer, ou melhor, quinze dias depois de ter dito que ficava com a cadelinha. Damaris estava a limpar a casa de banho da cabana quando ouviu os cães ladrarem e saiu para ver o que se passava. Os cães estavam ao fundo das escadas: o *Danger* eriçado e a rosnar e o *Mosca* e o *Oliveira* ao seu lado, apoiando-o com os seus latidos. Ximena tinha ficado paralisada uns metros mais abaixo, no último degrau. Damaris acalmou os cães, que dispersaram, e ela pôde finalmente subir.

A maré estava baixa, Ximena fizera a travessia a pé e tinha as pernas molhadas e os chinelos e os pés cobertos de lama. Além disso, estava ofegante e a suar. Percebia-se que a caminhada desde a outra aldeia, a travessia do canal, a subida das escadas e o susto dos cães a tinham esgotado. Damaris ofereceu-lhe água, mas ela mostrou-lhe a mochila que levava a tiracolo.

– Tenho aqui – disse, e em seguida acrescentou, com impaciência: – Venho buscar a minha cachorra.

Damaris tinha as mãos molhadas com lixívia e enxugou-as na *T-shirt*. Envergonhada, foi-lhe explicando que, como ela não a tinha vindo buscar nem atendido o telefone, a dera a outra pessoa.

– Deu a minha cachorrinha a outra pessoa?

Damaris anuiu e Ximena ficou furiosa. Disse-lhe que era inadmissível que tivesse dado um animal que já não era seu, que tinha deixado de ser seu no momento em que lho havia dado e ela o aceitara, que Damaris sabia muito bem como ela desejava aquela cachorrinha, o feliz que estava por poder cuidar dela, que tinha pronta uma caminha, que tinha organizado uma forma de lhe trazer comida de Buenaventura, e que pelo menos deveria ter tido a cortesia de a avisar para que não viesse, evitando assim a filha da puta da caminhada até àquele lugar de merda, que ficava para lá do último círculo do inferno.

Com calma, Damaris respondeu-lhe que não era preciso pôr-se com faltas de educação e tentou, novamente, enunciar as suas razões, mas Ximena não quis ouvir mais nada nem assumir a sua parte de responsabilidade e interrompeu-a, dizendo:

– Bom, então levo outro.

Damaris ficou em silêncio e com os olhos fixos no chão.

– Que foi? – reagiu Ximena, compreendendo então: – Já não tem mais nenhum?

Damaris negou com a cabeça.

– Eram apenas três e, quando lha ofereci, já só restava a fêmea.

Ximena olhou-a como que tentando que sobre ela caíssem todas as maldições, e Damaris pensou que esse olhar se prolongava por demasiado tempo.

– Devia ter-me ligado antes de dar a minha cachorrinha a outra pessoa – disse Ximena por fim.

– Pensei nisso, mas como da outra vez não tinha atendido...

– E então? Presumiu que desta vez também não ia atender?

Damaris baixou a voz:

– Ou que já não estava interessada.

– Fez muito mal, devia ter-me ligado, sabe bem que devia.

Damaris não quis acrescentar mais nada, não era preciso. Ximena virou-se para se ir embora e então ficou de frente para a cadela que subia as escadas. Ultimamente escapava-se, não só para o monte, mas também para a aldeia; e, apesar de até odiar água, tinha aprendido a atravessar o canal a nado, mesmo quando a maré estava no seu ponto mais alto. Vinha com as patas enlameadas e a escorrer água. Ximena, que já não parecia tão zangada, olhou para Damaris.

– Esta é a mãe dos cachorrinhos? – perguntou.

– É.

– Tão bonita. Era assim que imaginava a minha. Que tristeza ir de mãos vazias.

Ximena continuou o seu caminho. A cadela começou a abanar a cauda e Damaris odiou-a uma vez mais. Tinha passado uma semana fora e regressava agora para deixar imundo tudo aquilo em que tocava.

Nessa noite, Damaris ficou a olhar para a cadela já sem má vontade e, passado um bocado, prendeu-a e até lhe passou a mão pelo lombo, como já não fazia desde que ela dera à luz os cachorrinhos.

Na manhã seguinte desceu à aldeia com ela presa pela trela. A maré estava baixíssima e caminharam pela praia, que estava enorme e cinzenta como o mar e o céu. Os pescadores tinham saído nas suas lanchas e por ali não havia senão umas crianças ranhosas e nuas a brincar no meio do lixo. Tinha chovido com intensidade toda a noite e agora só restava uma morrinha que não impedia ninguém de sair e fazer a sua vida como se não chovesse mesmo. A chuva era sempre tão fresca e limpa que parecia purificar o mundo, mas na realidade era a responsável pela camada de bolor que cobria tudo: os ramos das árvores, as colunas de betão do cais, os postes de eletricidade, as estacas das casas de madeira, as paredes de tábuas e os telhados de zinco e amianto...

À medida que avançavam, os cães vadios saíam de debaixo das casas e dos restaurantes e aproximavam-se para cheirar a cadela; e, para desgosto de Damaris, ela abanava a cauda a todos, demonstrando que os conhecia. Damaris sentiu-se aliviada por a dona Elodia não estar no bar da praia, pois não teria sabido explicar-lhe o que ia fazer.

Deixaram o areal, subiram pela rua pavimentada, avançaram no meio de uma fileira de casas, lojas, hoteizinhos de madeira menos decadentes do que os da praia, com as fachadas lacadas ou pintadas de várias cores e jardins com orquídeas, passaram o aeroporto militar e o Parque das Baleias, de onde se podia vê-las saltar quando era a época, e chegaram à outra aldeia.

O céu continuava encoberto, mas já não chovia e Ximena estava a montar a sua banca de artesanato. Arrumava os artigos sobre o veludo com tanto cuidado que era como se tivesse usado uma régua para traçar as linhas. Com estranheza, viu-as aproximarem-se, e mais estranhou quando se detiveram à sua frente.

– Que fazem aqui?

– Vim trazê-la.

– A cadela? – perguntou Ximena, admirada.

– Se a quiser – disse Damaris.

– Claro que quero. – Ximena comoveu-se e baixou-se para lhe fazer festas. – Como é que não hei de querer, se é a irmã do meu *Simón*?

De repente, porém, parou e levantou a cabeça, olhando Damaris com desconfiança.

– Mas porque é que ma está a dar?

– Porque gosta mais dela do que eu.

A explicação satisfez Ximena.

– Você tem demasiados cães em casa – disse, e voltou a acariciá-la. – Como se chama?

– *Chirli.*

– *Ooolá,* minha *Chirli* – disse Ximena com voz infantil, enquanto lhe tocava na cabeça e no lombo. – *Ooolá,* minha pequenita linda e bonita, como estás?

A cadela abanou a cauda.

– Tem de a prender – advertiu Damaris. – Pelo menos até que se habitue, senão ela foge.

– É óbvio – respondeu Ximena.

No entanto, dois dias depois a cadela apareceu na casa da falésia. Damaris estava a ver a novela e interrompeu para sair rapidamente da cabana e a enxotar, para que não pensasse que era bem-vinda. Fez todo o tipo de gestos e vozes ameaçadoras, mas, como a cadela não tinha medo, a única coisa que conseguiu foi que se metesse debaixo da casa grande. Quanto tentou tirá-la de lá com uma vassoura, *Chirli* refugiou-se mais ao centro, onde Damaris não a conseguia alcançar nem com o cabo do camaroeiro com que limpavam a piscina.

Se tivesse saldo no telemóvel, teria ligado a Ximena para lhe dizer que viesse buscar a cadela, assim desenvencilhava-se do problema e poderia continuar a ver televisão. Como não tinha saldo, ficou desesperada e começou a insultá-la dentro da sua cabeça. «Velha burra», dizia, «é o vício que te deixa assim, eu não te disse que a prendesses?». «Ai prendeste-a, foi?», continuava a falar como se Ximena lhe tivesse respondido, «então não o fizeste bem, viciada, estúpida, tens tantas rugas e cabelos brancos e não sabes dar uma porcaria de um nó como deve ser?».

Damaris dava voltas em redor da casa grande, com o cabo do camaroeiro numa mão, gesticulando com a outra e fazendo caretas como se estivesse realmente a discutir com alguém. Rogelio tinha ido arrancar as ervas na propriedade da dona Rosa, mas se a tivesse visto naquele momento teria pensado que a mulher estava louca.

De repente Damaris soube o que tinha de fazer. Soltou o cabo do camaroeiro e deixou-o caído no pavimento. Foi ao telheiro, encheu de água o maior balde que tinham, agarrou num prato raso, voltou à casa grande, agachou-se no sítio mais perto da cadela e começou a atirar-lhe água. Não a atingia um esguicho muito forte, apenas uns salpicos, mas a cadela odiava tanto aquele líquido que isso bastou para que saísse do lugar. *Chirli* foi para o jardim e Damaris esperou que ela estivesse distraída para se aproximar por trás e lhe esvaziar o balde em cima.

Assustada, a cadela ganiu e olhou para Damaris com o seu olhar canino confundido, ou talvez horrorizado, e começou a afastar-se dela, que antes tinha sido a sua maior aliada e agora cometia contra si a maior traição. Ia com a cauda entre as pernas e virava a cabeça, vigilante, defendendo as suas costas, e Damaris teve então a impressão de que, finalmente, algo se tinha quebrado irremediavelmente entre ambas. Ao contrário do que esperava, isso doeu-lhe.

Aquela era a sua cadela: tinha-a resgatado, transportado junto ao peito, tinha-a ensinado a comer, a fazer as necessidades no sítio adequado e a comportar-se como devia, até que se fizera adulta e deixara de precisar da dona. Damaris seguiu-a ao longo de todo o jardim até às escadas e viu-a descer, atravessar o canal, que estava seco, chegar ao outro lado, sacudir-se, seguir o seu caminho no meio das crianças que voltavam da escola e perder-se na aldeia, já sem olhar para trás uma única vez. Damaris não chorou, mas quase.

Na manhã seguinte a cadela estava de volta ao telheiro, deitada no sítio onde sempre estivera a sua cama. Assim que viu Damaris, levantou-se e afastou-se. Quando a ex-dona tentou aproximar-se para a agarrar, a cadela saiu do telheiro sem se importar que estivesse a chover muito. Damaris fingiu então que já não estava interessada nela, escondeu a corda, acendeu o fogão e pôs-se a preparar o café, sem voltar a olhar para ela.

A cadela não ia ficar muito mais tempo no beiral do telheiro, onde a água que escorria do telhado a salpicava e molhava, quando podia estar seca e protegida lá dentro. A entrada desse lado ficava junto ao fogão e Damaris esperou com paciência, até que a cadela entrou e a pôde agarrar, enlaçando-a pelo pescoço como a uma vaca. Prendeu-a apertando o nó corrediço e só então conseguiu aproximar-se, afrouxar um pouco a corda e pô-la como Rogelio lhe tinha ensinado, passando-a por baixo de uma das patas para evitar que a cadela sufocasse.

À noite tinha caído uma chuvada das grandes e, ainda que a intensidade tivesse diminuído pela manhã, nada fazia crer que pararia tão depressa.

A maré ainda se encontrava alta e havia correntes arrastando paus e ramos. Rogelio estava acordado havia bastante tempo, mas não tinha saído da cabana. Quando viu passar Damaris e a cadela em direção às escadas, assomou a cabeça à janela.

– Vais sair? – perguntou, espantado.

Damaris disse que sim, e que tinha deixado café no telheiro.

– Para onde vais?

– Vou deixar a cadela e fazer compras.

– Deixá-la onde?

– Com a senhora a quem a dei.

– Deste a cadela? Porquê? – Rogelio olhava-a sem entender. Damaris encolheu os ombros e ele continuou: – E não podes esperar que pare de chover e a maré baixe?

– Não – respondeu ela.

Rogelio abanou a cabeça, reprovador, mas não a tentou dissuadir nem exigiu mais explicações.

– Traz-me quatro pilhas para a lanterna – pediu.

Damaris assentiu e seguiu o seu caminho com a cadela. Teria sido impossível atravessar o canal na canoa, por isso fizeram-no a nado, evitando os despojos da tempestade. Quando chegaram ao outro lado, Damaris voltou-se para a falésia. Rogelio continuava à janela e observáva-as.

Fizeram todo o caminho até à outra aldeia debaixo de chuva. Chegaram ensopadas e a tiritar. Não havia ninguém na rua dos artesãos, nem Ximena nem os índios, e Damaris foi até à loja grande que ficava uns metros mais adiante. O jovem que atendia, um rapaz alto e de olhos claros, disse-lhe que achava que Ximena vivia para os lados do Arrastradero, um vasto braço de mar que continuava para lá da outra aldeia.

Noutra loja, mesmo antes do desvio para o Arrastradero, Damaris voltou a perguntar e confirmou que Ximena vivia sempre em frente, pelo desvio, numa casa pequena azul que se via do lado esquerdo, antes de descer para o cais. Nesse momento a chuva tinha diminuído e quando chegaram ao destino parara por completo.

A casa de Ximena parecia de brincar, uma casa de bonecas no meio do lamaçal que era o caminho até ao Arrastradero. Tinha sido pintada recentemente de cores vivas, de azul elétrico nas paredes e de encarnado nas portas, nas janelas, nas grades das varandas e no telhado. A porta estava aberta e de dentro saía um *reguéton* num volume muito alto.

Damaris subiu ao alpendre e espreitou para o interior. A cozinha ficava ao fundo e era aberta para a sala. Viu uma mulher que mexia o conteúdo de um tacho sobre o fogão. Era da idade de Ximena, talvez um pouco mais nova, e parecida com ela. Na sala, relaxados no sofá, encontravam-se dois rapazes da aldeia, negros, sem camisa e descalços. Um deles estava de *boxers* e tinha tranças no cabelo e o outro tinha a cabeça rapada, uma corrente grossa e dourada ao pescoço e uns *jeans* rasgados. Ximena estava à frente deles, num banquinho de madeira, com uma cerveja numa mão e um cigarro na outra. Tinha a cabeça para baixo e o cabelo despenteado. Seriam nove da manhã e todos estavam com cara de bêbedos ou drogados, ou ambas as coisas.

– Bom dia – cumprimentou Damaris, mas ninguém a ouviu. – Truz-truz – disse mais alto.

O rapaz de *boxers* virou-se e ela reconheceu-o, era um dos netos da dona Elodia. E foi quem chamou a atenção de Ximena, que olhou para a porta e, com os olhos enevoados, reparou em Damaris e na cadela. Apagou o cigarro num cinzeiro que estava a transbordar de beatas, levantou-se e dirigiu-se a elas, bamboleando-se, com as pernas leves, como se a qualquer momento fosse levantar voo. Quando chegou, agarrou-se à porta.

– A minha cadela – disse com a língua pesada –, não me diga que a trouxe de sua casa?

– Sim, digo.

– Fugiu num segundinho em que me descuidei e deixei a porta aberta.

– Está em minha casa desde ontem à tarde.

– Eu ia buscá-la, mas entretanto apareceram uns amigos. – Ximena fez um gesto na direção dos rapazes.

– A cadela é responsabilidade sua.

– Eu sei.

– Prenda-a, encerre-a, mantenha a porta fechada... faça o que tiver de fazer, mas não a deixe escapar.

– Não.

– Espero que não haja próxima vez, mas, se houver, eu não a volto a trazer.

Quando estava bêbeda, Ximena era mansa e complacente, nada a ver com a Ximena combativa de quando estava sóbria.

– Não se preocupe, que eu trato disto – disse.

Damaris deu-lhe a corda. Ximena agarrou-a e baixou-se com a intenção de fazer uma festa à cadela, mas acabou por cair. A última coisa que Damaris viu antes de se afastar pelo carreiro foi Ximena sentada no chão, com as pernas abertas como uma boneca de trapos, e a cadela, com o rabo entre as pernas e o focinho virado para Damaris, a olhar desconsolada, como se a tivessem deixado no matadouro.

⟨⟩

Damaris passou pela venda do senhor Jaime, recarregou o telemóvel, comprou pilhas para a sua lanterna e para a de Rogelio e abasteceu-se em quantidade. Nessa semana, além de terem recebido o ordenado por cuidar da casa da dona Rosa, Rogelio tinha apanhado muito peixe com as redes e vende-ra-o a bom preço na cooperativa, por isso ela pôde pagar essas compras e tudo o que deviam com umas notas molhadas que tirou do sutiã, e ainda ficou com algumas com que poderia ir às compras na semana seguinte.

À noite dedicou-se a cozinhar. Fritou peixe e pre-parou sopa, arroz e salada. Separou uma parte para o pequeno-almoço e para o seu almoço do dia seguinte e embalou o resto para Rogelio, que ia sair num *vento e maré*. O barco estava lá em baixo, grande e carregado com todos os instrumentos, pronto para o embar-que. Damaris sentia-se contente. Era possível que ele estivesse vários dias fora e ela desejava essa solidão.

Rogelio partiu antes do nascer do Sol e Damaris deixou-se dormir até tarde. Nesse dia não fez nada. Como tinha cozinhado de véspera, nem sequer teve de preparar comida. Pôs o colchão na sala da cabana e deitou-se a ver televisão. Não tomou duche e só se levantou para ir à casa de banho, para comer e para alimentar os cães, quando estes se puseram à porta da cabana a olhá-la insistentemente. Comeu dos tachos, masturbou-se duas vezes, uma de manhã e outra ao fim da tarde, e viu todas as telenovelas, noticiários e *reality shows* que passaram até cair a noite; então veio uma tempestade horrível, com ventos ciclónicos e raios demasiado próximos, a luz foi abaixo e ela adormeceu.

No dia seguinte não havia sinais da tempestade. Damaris acordou animada, decidiu que faria uma limpeza profunda à casa grande e vestiu os calções de licra curtos e a blusa às riscas desbotada que usava para trabalhar. De manhã dedicou-se à casa de banho e à cozinha. Esvaziou os armários e as gavetas para os limpar a fundo, lavou a louça e todos os utensílios de cozinha, desengordurou os vidros das janelas e o espelho, esfregou o lava-louça, o duche, o lavatório, o chão e as paredes e branqueou os azulejos e todas as juntas. Alguns dos azulejos estavam lascados, no espelho havia uma quantidade enorme de pontinhos negros de humidade e o lava-louça e o lavatório tinham manchas de ferrugem, mas o resto estava reluzente e Damaris contemplou a sua obra com satisfação.

Ao meio-dia foi ao telheiro preparar o seu prato favorito: arroz com um ovo estrelado, rodelas de tomate com sal e tostas de banana verde. Almoçou devagar, olhando o mar, que estava azul e calmo depois da tormenta. Pôs-se a pensar nos Reyes, que em algum momento teriam de regressar, oxalá o fizessem num dia como aquele e encontrassem a casa a meio das limpezas e a ela transpirada e suja, com os seus calções de licra curtos e a sua blusa de trabalho às riscas, para que vissem a boa trabalhadora que era, ainda que não lhe pagassem um tostão, o que queria dizer que também era uma boa pessoa.

Lembrou-se do falecido Nicolasito, do seu riso, da sua cara, das piruetas que fazia na piscina... Do dia em que fizeram um acordo e apertaram as mãos, muito sérios, como se fossem adultos, e da vez em que ele lhe explicou que os animais e o menino dos desenhos nas cortinas e na colcha do seu quarto eram do seu filme favorito, que se chamava *O Livro da Selva*, que também era um livro sobre um menino que se perdia na selva e era salvo pelos animais. «Salvo pelos animais?», perguntou Damaris, confusa; e, quando Nicolasito disse que sim, especificando uma pantera e uma família de lobos, Damaris soltou uma garga-lhada porque isso era impossível.

Ainda que parecessem felizes, eram recordações terríveis porque a levavam sempre ao mesmo sítio. Aquele lugar claro e bonito, em frente à falésia. «Mal-dita onda que o levou», disse. Não, maldita ela que não o deteve, que não o impediu, que ficou ali sem fazer nada, sem gritar sequer.

Damaris voltou a sentir o peso da culpa como se o tempo não tivesse passado. O sofrimento dos Reyes, as vergastadas do seu tio, os olhares de toda a gente que sabia que ela, por conhecer a falésia e os seus perigos, podia ter evitado a tragédia; e as palavras de Luzmila, que uns meses depois, antes de adormecer, no meio do escuro da noite, insinuou que Damaris tinha inveja de Nicolasito. «Como ele tinha galochas», afirmou. Damaris ficou furiosa: «Tu é que tinhas inveja», respondeu-lhe e não lhe voltou a falar até que a prima lhe pediu desculpa.

Damaris ficou ausente por momentos, com o olhar fixo no cimento polido do chão, a pensar na mãe, no dia em que fora para Buenaventura e a deixara com o tio Eliécer. Tinha quatro anos, um vestido herdado que lhe ficava pequeno e duas tranças curtas espetadas no alto da cabeça como antenas. Nessa época não havia doca nem lanchas rápidas, apenas um barco que vinha uma vez por semana, no qual se embarcava apanhando as canoas que saíam da praia. Damaris e o tio estavam na areia e a sua mãe na linha de rebentação, com as calças arregaçadas. Estaria, certamente, prestes a subir para a canoa que a levaria ao barco, mas do que Damaris se lembrava era da mãe a afastar-se a pé mar adentro, até a perder de vista. Era uma das suas recordações mais antigas e fazia-a sempre chorar e sentir-se só.

Damaris limpou as lágrimas e levantou-se. Lavou os pratos e voltou à casa grande para continuar a trabalhar. Tirou os cortinados da sala e dos quartos. Levou-os para o tanque e separou os do falecido Nicolasito, que lavava sempre à parte com maior cuidado e delicadeza. Lavar os cortinados era um trabalho duro, que exigia dedicação e músculo, sobretudo os da sala, que eram pesados e cobriam um janelão que ia do chão ao teto e de parede a parede. O tanque não era grande e ela tinha de lavar os cortinados por partes, com as costas dobradas e as mãos a esfregarem com força, uma e outra vez, até que a espuma tirava a sujidade e a água escorria límpida; e fazia-o com todas as partes dos cortinados, com as costas a doer-lhe, as mãos grosseiras de homem esfregando sem parar, a pensar que não lhe pagavam por aquele trabalho e que era verdade que sentira inveja de Nicolasito, mas não pelas galochas nem pelas coisas bonitas que ele tinha – as camisas novas, os brinquedos que lhe trazia o Menino Jesus, os cortinados e a colcha do *Livro da Selva* –, antes porque vivia com os pais, o senhor Luis Alfredo, que lhe dizia «campeão, vamos fazer um braço de ferro» e o deixava ganhar sempre, e a dona Elvira, que sorria quando o via chegar e lhe passava a mão pelo cabelo para o pentear. Também pensou que tinha merecido todos os olhares feios, todas as suspeitas e acusações e todas as pancadas do tio Eliécer, que lhe devia ter batido mais vezes e com mais fúria.

Quando acabou, faltava pouco para o Sol se pôr e estava exausta. O mar continuava calmo como uma piscina infinita, mas Damaris não se deixou enganar. Sabia muito bem que aquele era o mesmo animal maléfico que engolia e cuspia gente. Tomou banho no tanque, pendurou os cortinados nas cordas do telheiro para secarem e comeu o resto do arroz que havia no tacho. Deu-se conta de que não tinha visto os cães e foi procurá-los para lhes dar de comer, mas não os encontrou em nenhum lado. Foi à cabana e, sem tirar a roupa de trabalho, deitou-se no colchão diante da televisão, pensando descansar um bocado, mas adormeceu a meio da novela, num sono profundo e sem sobressaltos, parecido com a morte, que durou até à manhã seguinte.

Não tinha chovido e estava um dia lindo quando amanheceu. Damaris apagou a televisão, que tinha ficado ligada toda a noite, abriu as janelas da cabana para que o sol entrasse e saiu para o telheiro para preparar um café. O que viu deixou-a gelada. Os cortinados do falecido Nicolasito estavam no chão, sujos de lama e todos esfarrapados. Damaris baixou-se para os apanhar e ficou com um trapo na mão. Estavam destruídos ao ponto de ser impossível recuperá-los. Os cortinados do *Livro da Selva*...

Foi então que viu a cadela. Estava ao fundo do telheiro, deitada junto do fogão a lenha, atrás dos outros cortinados nos quais não tinha tocado e que continuavam pendurados. Furiosa, Damaris agarrou na corda de amarrar as lanchas, fez um nó corrediço, saiu do telheiro pelo lado que dava para a piscina, contornou-a, entrou pelo lado do fogão e amarrou a cadela por trás, antes que esta se apercebesse do que lhe estava a acontecer. Puxou a corda para que o nó apertasse, mas, em vez de parar, tirar a corda do pescoço e a cruzar sobre o peito, continuou a apertar e a apertar, lutando com todas as suas forças enquanto a cadela se retorcia diante dos seus olhos, que pareciam não reparar no que viam e que apenas registaram as tetas inchadas do animal.

«Está prenhe outra vez», disse com os seus botões, continuando a apertar com mais vontade, apertar e apertar, mesmo depois de a cadela cair extenuada, se encolher e parar de se mexer. Uma poça amarela de urina, com um cheiro intenso, correu rapidamente na direção de Damaris e foi ficando cada vez mais comprida e fina, até que chegou aos seus pés descalços. Só então Damaris reagiu. Soltou a corda, afastou-se da poça, aproximou-se para tocar na cadela com um pé e, como esta não reagisse, teve de aceitar o que acabara de fazer.

Consternada, largou a corda e olhou para a cadela morta, a poça de urina e a corda estendida no chão como uma cobra. Observou tudo com horror, mas também com uma espécie de satisfação – que era melhor não reconhecer e enterrar sob as outras emoções. Exausta, Damaris sentou-se no chão.

Não soube quanto tempo esteve assim. Pareceu-lhe uma eternidade. Aproximou-se então de joelhos, para tentar soltar a corda do pescoço da cadela. Não conseguiu e, depois de outra eternidade, levantou-se, agarrou numa faca grande e usou-a para cortar a corda. A cadela ficou livre e Damaris sentiu vontade de a acariciar, mas não o fez. Olhou-a apenas. Parecia adormecida.

Em seguida, ergueu-a entre os braços, que lhe doíam por causa do esforço, e levou-a para o monte. Deixou-a bem lá para dentro, depois de passar a cascata, junto ao tronco de um ingá-cipó, num local onde o chão estava coberto de folhas e da penugem branca das flores dessa árvore. Era um sítio bonito e que lhe trazia boas recordações, porque ela, o falecido Nicolasito e a prima Luzmila tinham subido àquela árvore vezes sem conta à cata de frutos. Antes de se ir embora, contemplou a cadela por instantes como se estivesse a rezar.

Damaris dobrou os cortinados estragados do falecido Nicolasito e meteu-os num saco de plástico, que guardou no armário do quarto dele, entre a sua roupa e as bolinhas de naftalina. Afligiu-se pela janela despida e por imaginar a reação dos Reyes quando entrassem no quarto do seu filho morto e notassem que faltavam os cortinados. Também pensou em Rogelio, que seguramente lhe diria algo como «É para que vejas como é esse animal». «Maldita cadela», disse ela, enquanto procurava um lençol velho para tapar a janela, «foi bem feito».

Ainda não tinha acabado a faxina da casa grande. Faltava limpar os restantes armários, encerar o soalho de madeira e lavar a roupa da cama, mas nesse dia não teve forças para mais nada, nem sequer cozinhar ou comer; e, como os cães ainda não tinham regressado, também não teve de os alimentar. Deitou-se no colchão, voltou a passar o dia inteiro a vegetar em frente da televisão e não conseguiu adormecer nem quando já era tardíssimo e começou a chover e faltou a luz.

Era uma chuvada forte mas, como não havia vento, caía regular e vertical sobre o telhado de amianto, martelando, afogando assim todos os outros barulhos, todas as outras sensações, e Damaris achou que não ia conseguir suportar nem mais um minuto. Não conseguia tirar da cabeça o que se passara, a luta que a cadela dera, ela a torcer o braço para apertar a corda, a puxar com todas as suas forças, esticando-a até já não haver resistência. Então era isso matar... E pensou ainda que não era difícil nem demorava muito tempo.

Lembrou-se da história da mulher que tinha trinchado o marido com um machado e dera os pedaços de carne a um tigre, a que nas notícias chamaram jaguar. Tinha sido numa reserva em San Juan, e o tigre estava enjaulado. A mulher dizia que não o tinha matado, que o marido tinha morrido devido à mordidela de uma víbora e, como estavam longe de tudo e sem maneira de comunicar, não soubera o que fazer com o cadáver. Não podia enterrá-lo porque a terra dessa selva era argilosa e tão dura que teria sido impossível abrir um buraco do tamanho necessário, por isso, em vez de o atirar ao mar ou deixar que os abutres o comessem, preferiu dá-lo ao tigre que tinha sempre fome. Ninguém acreditou. Uma mulher capaz de trinchar o corpo do próprio marido e dar os pedaços a comer a um tigre estava tão cheia de raiva que só o podia ter matado.

Quando a polícia que a levava de San Juan a Buenaventura fez escala na aldeia, toda a gente foi vê-la ao cais. Estava algemada, e o cabelo, que era comprido e negro, caía-lhe sobre a cara, mas ainda assim foi possível ver-lhe os olhos. Eram castanhos e vulgares, os olhos de uma branquinha de quem, noutras circunstâncias, ninguém se lembraria. No entanto, o seu olhar, que nunca baixou, que manteve firme sempre que alguém se atreveu a encará-la, era tão duro que Damaris nunca o esqueceu. Era o olhar de uma assassina, o mesmo que ela devia ter agora, o olhar de quem não se arrepende e sente o alívio de se ter livrado de um peso.

Ximena não tratava da cadela, que estava outra vez grávida e teria continuado a fugir e a voltar à casa que considerava sua sem se importar com as vezes que Damaris tivesse de a levar de volta. Teria acabado por parir no telheiro e ela teria novamente de se ocupar dos cachorrinhos, pois, como má mãe que já provara ser, abandoná-los-ia, e desta vez quem sabia quantos cachorros nasceriam, e quantas fêmeas, que ninguém ia querer. Agora, sim, ela teria de os atirar ao mar, que era o mesmo que matá-los, a vários cães em vez de apenas a uma, com a qual teria resolvido o problema.

O sítio onde a deixara era perfeito. Ficava longe dos caminhos, estava escondido pela vegetação e nunca ninguém passava por ali. As gentes da aldeia, quando vissem os abutres, se os vissem, pensariam que seria por causa de algum animal selvagem, uma doninha, um veado ou uma preguiça, como a que tinha uma vez morrido perto de La Despensa. Ainda por cima, naquela selva bastariam três ou, no máximo, quatro dias para o cadáver ficar reduzido aos ossos, que ela iria recolher e atirar ao mar de noite, sem ninguém reparar, quando a maré estivesse a baixar, para que os levasse para bem longe. Damaris rezou para que Rogelio só chegasse depois de ela ter feito desaparecer os vestígios. «De certeza que sim», disse-se, otimista.

E se Ximena perguntasse por ela, o que iria certamente fazer em algum momento, Damaris diria que nunca mais tinha visto a cadela. «Porquê?», perguntaria, fazendo-se de parva, «há quanto tempo está desaparecida?». «Mas isso é muito tempo!», exclamaria perante a sua resposta, «e só a vem procurar hoje? A senhora é muito irresponsável, quem sabe onde e como andará a pobre cadela. Se eu soubesse que a iria tratar assim, nunca lha teria oferecido».

Seria bom que nenhum vizinho do canal, que a reconheceriam pelo seu pelo cinzento, a tivesse visto subir à falésia essa manhã; e que Ximena não se pusesse a insistir no tema, zangada como no outro dia ou, pior ainda, acusadora como com os vizinhos de quem dizia, sem qualquer prova, que lhe tinham envenenado o cão.

Para que é que lhe tinha dado o seu telefone? – recriminou-se Damaris. Porque é que lhe tinha dito que, se a cadela fugisse, não voltaria a levar-lha? Porque é que insistiu que era obrigação de Ximena vir buscá-la? Só faltava que essa senhora lhe aparecesse ali em casa. «Essa agora», tranquilizou-se Damaris, «de certeza que continua bêbeda e drogada com os seus rapazes».

A chuva e a escuridão foram-se diluindo quase ao mesmo tempo, dando lugar à claridade, e Damaris levantou-se quando clareou completamente. Não tinha dormido nada, mas não se sentia cansada. Assim que chegou ao telheiro, invadiu-a um cheiro a urina, azedo e concentrado. Tinha-se esquecido de limpar a poça. Em vez de fazer o café, foi ao tanque buscar o detergente e os utensílios de limpeza. Esfregou o chão de joelhos, não só a zona onde a cadela tinha urinado, mas todo o telheiro, e a seguir passou-lhe a esfregona seca. Inspirou. Pareceu-lhe que o cheiro não tinha desaparecido por completo e, antes de se pôr a limpar outra vez, decidiu tomar um banho para ver se o cheiro não estaria nela, porque enquanto limpava tinha sujado as mãos, os joelhos e os calções de licra.

Damaris foi ao tanque e começou a molhar-se com a cabaça. Continuava a sentir o cheiro a urina. Esfregou o corpo todo com o sabão azul da roupa e enxaguou-se. O cheiro não desaparecia. Agarrou então num espelho retangular que usava quando se penteava e espremia as borbulhas. Queria ver se encontrava nesse espelho o olhar da mulher que tinha trinchado o marido e pareceu-lhe que sim, que as pessoas a reconheceriam e se aperceberiam do que fizera se a encarassem. Em seguida olhou para as mãos grandes e ásperas com que matara uma cadela que tinha a barriga cheia de cachorrinhos e pareceu-lhe ver nelas as marcas da corda. Angustiada, como que rogando ao céu, olhou para cima. Os abutres tinham chegado.

Alguns voavam em círculos sobre a área onde Damaris deixara a cadela, outros tinham pousado nos ramos de uma árvore moribunda, mas muito alta, que havia perto do ingá-cipó. Os abutres da árvore estavam curvados e olhavam para baixo como se estivessem prontos para mergulhar e só faltasse alguém dar-lhes o sinal. Havia demasiados, muitos mais do que os que se tinham juntado no caso do falecido Josué ou da preguiça morta. Damaris, molhada e a cheirar a urina, saiu do tanque e foi ao jardim e às escadas para ver se na aldeia se teriam apercebido.

Aproximou-se, mas não chegou a examinar a praia ou o cais, que era onde se concentrava mais gente, nem as casas junto do canal, porque o que os seus olhos viram primeiro foi Ximena na outra margem. A maré estava alta e ela, com as calças arregaçadas, estava a acomodar-se numa canoa. O Boga, um dos pescadores que viviam junto ao canal, começou a remar em direção à falésia enquanto Ximena falava sem parar. Podia estar a contar-lhe qualquer coisa, os pormenores de um mexerico da outra aldeia ou as maravilhas do tempo naquela manhã de sol, mas pareceu a Damaris que estava a falar da cadela e que o pescador lhe respondia que a tinha visto subir à falésia no dia anterior. Damaris quis esconder-se, mas ele apontou para cima e os dois olharam e ficaram a ver o céu negro de abutres. Também viram Damaris, que não teve tempo de se esconder nem de fazer nada. Ximena levantou a mão num gesto que podia ser um cumprimento mas que Damaris entendeu como uma ameaça. Sentiu-se perdida.

Num primeiro momento, equacionou a ideia de ficar ali até que Ximena chegasse, deixá-la ver-lhe as mãos e o olhar de assassina, até se dar conta do cheiro a urina, aceitar assim a sua falta e o castigo que lhe correspondia; mas então disse para si que nem Ximena nem toda a gente da aldeia podia castigá-la como merecia. Pensou por isso em ir para o monte, descalça, vestindo apenas os calções de licra e a blusa às riscas desbotada, e caminhar para além de La Despensa, da estação de aquacultura, dos terrenos da Marinha, dos sítios que percorrera com Rogelio e dos que não tinham chegado a conhecer, para se perder como a cadela e aquele menino das cortinas de Nicolasito, ali onde a selva era mais terrível.